작은   빛을
　　　　따라서

작은 빛을 따라서

권여름 장편소설

자이언트북스

차 례

1부 _____

모든 것의
시작

1996년, 나는 열여섯이었다. 사람들은 심심하면 세기말이라는 말을 쓰며 분위기를 잡았고, 21세기라는 말에 근거 없이 설레는 것 같았다. 말 한마디로 무 자르듯 시간을 구분 짓는 게 참 기이했다. 고등학교 1학년인 연년생 언니의 문제집 이름이 노스트라다무스인 것도 괜히 내가 쑥스러웠다. 아무튼 그때 나는 노스트라다무스도 예견하지 못한 커다란 비밀과 마주하게 된다. 그 비밀은 감자 줄기처럼 다른 비밀을 주렁주렁 달고 있었다.

비밀이 누설되던 순간, 무엇이 있었나? 다름 아닌 '포도 씨앗'이 있었다. 그것이 아니었다면 할머니의 비밀을 아는 데에 더 긴 시간이 필요했을지도 모른다. 그날은 낯설고 어려운 손님이 다섯이나 온 날이었다.

"육지 사람들은 이렇게 내놓더라."

할머니는 슈퍼에서 알이 굵은 새카만 김제 포도와 꼬마 병 오렌지 주스, 쌀과자 등속을 들고 와 내게 넘겼다. 육지 식으로 얌전을 내어보라는 할머니의 말에 그것들을 접시에 담았다. 할머니는 흰 봉투를 교자상 여기저기에 올려보며 적당한 위치를 잡으려 골몰했다. 슈퍼 앞 물청소로 바쁜 엄마를 불러 세워 채워온 심방 예배용 감사 헌금 봉투였다. 할머니는 봉투를 채워오며 엄마에게 했던 말을 집에 와서도 서너 번은 넘게 반복했다.

"여그서 젤로 큰 교회고, 사람 수가 천이 넘어. 그 사람들 한 번씩 와서 팔아준다고 생각해봐라. 이건 아무것도 아니지."

'필성슈퍼 오태경 성도'

헌금 봉투에는 할머니 이름이 아닌 슈퍼 이름과 아빠 이름이 적혀 있었다. 슈퍼 뒤에서 박스를 정리하던 아빠를 불러 직접 쓰게 한 것이었다. 우리 가족 중 일요일에 교회를 나가는 건 할머니뿐이었다.

"아빠는 교회도 안 나가는데, 웬 아빠 이름?"

내 질문에 할머니는 근엄한 표정으로 답했다.

"원래 이르케 허는 것이니라."

할머니는 이번 심방 예배에 온 가족이 참석하기를 바랐지만, 엄마와 아빠는 슈퍼 일을 핑계로 손쉽게 빠져나갔다.

"새끼들이라도 남아서 자리를 채워야지, 안 그러면 넘부끄러운 일이다."

할머니가 우리를 노려보며 말했지만 은세 언니는 이젤 가방을 척 메고 미술 학원으로 내뺐다. 나 역시 도망칠 생각이었다. 할머니는 공부하러 간다는 일은 웬만해서는 막지 않았다.

"할머니, 나 도서관 가서 숙제해야 돼요, 여름방학 숙제."

그렇게 말해도 할머니는 물러서지 않았다. 내가 여섯 살짜리 막내 은율을 가리키자, 할머니가 나를 매섭게 쏘아보았다.

"학교도 안 댕기는 걸 사람 수로 세는 년이 어디 있냐?"

할머니가 목소리를 높였다.

"누구라도 한 사람 남아야지. 숭잽힌다, 숭잽혀."

"아니, 할머니. 언니도 나갔잖아요. 왜 나만 남아야 하는데?"

몹시 억울해져 따져 물었지만 할머니는 나를 더 몰아붙였다.

"은세년 죽으면 너도 죽을래?"

나는 약올라 물러서고 싶지 않았다. 그 낌새를 보더니 할머니는 급하게 말소리를 바꾸었다.

"은동아, 그렇게 하면 숭잽히는 것이여."

이 말과 동시에 할머니는 고무줄로 된 치마 허리춤을 바깥으로 쭉 잡아당겼다. 그러더니 치마 안쪽 주머니에서 오천 원짜리를 꺼냈다. 그걸 내게 내밀자마자 고개를 끄덕였다. 오천 원이라면, 마다할 이유가 없었다.

"꼭 이르케 삯을 받아야 일을 허지, 넘이냐, 넘?"

내게 오천 원을 쥐여주며 다른 손으로는 머리를 쥐어박는 시늉을 했다. 눈을 흘기면서도 표정이 환했다.

할머니의 조수 노릇을 하기 전 방으로 들어가 책 속에 끼워 놓은 통장에 오천 원짜리를 숨겼다. 새마을금고에 입금을 하면 통장에는 팔만 육천 원이 찍힌다. 누구에게도 말하지 않은 내 비밀을 실현시켜줄 돈이었다.

"멀었다, 멀었어."

통장을 비장하게 바라보며 웅얼거리고 있을 때, 할머니의 타박하는 소리가 들렸다.

"언능 안 나오고 뭐 한다냐. 어디 굿 보러 갔냐?"

한껏 차린 다과상은 방 한구석에 밀어두었다. 목사님 앞에 작은 교자상이 놓였다. 그 위 커다란 성경책이 보였다. 목사님 옆에 인상이 푸근한 권사님이 앉았고, 그 옆은 할머니와 내가 앉았다. 순서지에 적힌대로 예배는 조용히 진행되었다. 예배가 시작되자마자 할머니는 성경책을 내 쪽으로 밀었다.

"눈이 침침해서 못 찾으니, 니가 옳게 찾어라잉."

다과를 준비하는 내내 단단히 일러둔 터라, 자연스럽게 성경을 건네받았다. 찬송가를 찾는 건 수월했다. 문제는 성경을 찾는 일이었다. 어른들은 미리 빨간 끈으로 표시를 해둔 눈치였다. 내가 허둥대자 인상 좋은 권사님이 성경을 가져다가 해당 구절을 찾아 건네주었다. 할머니가 무안해하며 헛기침을 했다. 문제는 그때부터였다.

"오늘 성경 봉독은 우리 황서운 성도님께서 받들어 봉독해 주시겠습니다."

정적이 이어지자 성경에 코를 박고 있던 사람들이 할머니에게 일제히 시선을 돌렸다. 나는 할머니가 읽어야 할 구절의 시작점에 검지를 갖다댔다. 성경을 할머니의 코앞까지 들어 올려주었지만, 할머니는 눈을 가늘게 뜨고 고개를 자꾸 뒤로 내뺐다.

"눈이 안 좋으세요."

내가 조심스럽게 내뱉은 말에 옆자리 권사님이 자신의 커다란 성경책을 할머니 앞으로 쓱 밀었다. 성경이 얼마나 큰지 목사님 앞의 교자상 너비만했다. 글씨도 할머니의 성경보다 몇 배는 커서 시원했다. 그런데도 할머니의 침묵은 이어졌다. 그 침묵 속에서 유독 할머니의 숨소리가 크게 들렸다. 할머니의 딸기코 콧등에 송골송골 맺힌 땀방울이 보였다. '저렇게 커다란 글씨마저 안 보인다고?' 고개를 갸우뚱할 무렵 할머니가 그 커다란 성경을 내 쪽으로 밀었다.

"아이고, 눈이 젊을 적부텀 반빙신이어서."

그렇게 주눅든 할머니 목소리는 처음이었다. 나는 재빨리 성경을 읽었다.

"하나님이 가라사대 빛이 있으라 하시매 빛이 있었고 그 빛이 하나님의 보시기에 좋았더라. 하나님이 빛과 어둠을 나누사 빛을 낮이라 칭하시고 어두움을 밤이라 칭하시니라 저녁이 되며 아침이 되니 이는 첫째 날이니라."

말로 세상을 만들었다는 이야기는 좀처럼 믿기지 않았다. 자리에 앉은 채로 무릎, 성경책, 방바닥을 차례로 만지작거렸다. 이 세계가 누군가의 말 한마디로 조형되었다니. 모든 자연, 사물, 사람들 속에 말들이 꽉 차 있는 터무니없는 상상을 하면서 지루한 설교 시간을 견뎠다.

예배가 끝을 향해 가고 있을 때 내 시선은 우스꽝스러울 정도로 커다란 성경책에 멈췄다. 예배가 시작되기 전, 그 순간이 아무래도 이상했다. 할머니는 방문 앞에 서서 손님들이 착석하는 걸 지켜보았다. 그러더니 뭔가에 깜짝 놀라며 목사님이 앉은 쪽으로 서둘러 걸어갔다. 할머니는 양반다리를 한 목사님의 엄지발가락 아래 떨어진 포도 씨앗을 황급히 손가락으로 꾹 눌렀다. 동시에 나를 쏘아보는 것도 잊지 않았다. 음식에 손대지 말라는 할머니의 엄포에도 포도의 굵은 알 몇 개를 손님들이 오기 전에 몰래 떼어먹었다. 그것도 모자라 어떤 흠결도 없어야 하는 방안에 포도 씨앗까지 떨어뜨린 건 중대한 잘못이었다. 그 순간만큼은 낯선 손님들이 고마웠다. 저들이 없었다면 등짝에 불이 날 일이었다.

방문을 바라보았다. 목사님이 앉은 자리의 포도 씨앗을 발견한 할머니가 어떻게 저 커다란 글자를 읽을 수 없단 말인가. 글씨는 분명 포도 씨앗보다 컸다.

생각해보면 그동안 이런 일은 수두룩했다. 눈이 안 보인다고 하면서도 방안의 머리카락을 손가락으로 눌러 찍는 일이 허다했다. 손가락에 붙은 머리카락의 주인을 정확히 구별하여 쏘아보던 할머니가 아닌가. 이런 할머니가 귀하고 어려운 손님의 발끝 아래 추접하게 떨어져 있는 포도 씨앗을 놓치지 않은 건 너무 자연스러운 일이었다.

어쩐지 이번에는 일련의 그 비합리적인 사건들이 더는 자연스럽게 받아들여지지 않았다. 할머니 콧잔등의 땀과 커다란 성경을 밀어낼 때 손가락의 떨림, 어색한 미소.

심방 예배 전 아침에 커다란 간판을 지나치던 일도 떠올랐다. 할머니와 목욕탕에 다녀오다가 새로 지어진 '엉터리마트'라는 조립식 건물을 봤다. 나는 할머니의 팔뚝을 붙잡고 간판을 가리키며 자지러졌다.

"할머니, 저것 좀 봐."

할머니는 간판을 쳐다보다가 시큰둥하게 고개를 돌렸다.

"목욕 잘허구 뭘 지랄이냐."

할머니가 성큼성큼 앞섰다. 슈퍼에 도착해 엄마와 아빠를 붙들고 이야기하다가 할머니에게 물었다.

"할머니 진짜 웃겼죠? 어? 그 가게 이름이 뭐였죠, 되게 웃겼는데, 응?"

"어린 것도 까먹는 걸, 내가 어떻게 기억하냐."

황급히 목욕 바구니를 들고 슈퍼를 뜨던 할머니의 뒷모습이 떠올랐다. 그리고 또 하나의 기억. 문맹인 아버지가 약 뚜껑 여는 법을 몰라 돌아가셨다는 교과서 속 이야기를 막내에게 들려준 적이 있다. 그걸 옆에서 듣고 눈물까지 글썽이던 할머니의 표정이 떠올랐다. 할머니가 일어서며 중얼거렸던, 그때는 들리지 않았던 한마디가 생각났다.

지루했던 심방 예배가 끝을 향해 가며 '내게 강 같은 평화' 찬양이 방안에 쩌렁쩌렁 울렸다. 그 소리를 뚫고 그날 할머니의 한마디가 정확히 날아와 내 귀에 꽂혔다.

'눈뜬장님같이 불쌍한 것도 없느니라.'

"사건이네, 사건."

엄마의 판단은 그랬다. 그건 내가 하고 싶은 말이었다. 그러나 그 사건이란 것의 대상은 달랐다. 심방 예배 손님들이 떠나고 곧바로 슈퍼로 달려갔다. 엄마와 사건에 대해 이야기하고 싶었지만 엄마에게 사건은 엉터리마트였다. 내가 할머니에게 억지로 이끌려 심방 예배를 준비하고 참여하는 사이, 엄마는 내가 아침에 봤다는 엉터리마트를 살피고 온 모양이었다.

엄마는 엉터리마트의 출현을 심상치 않은 일로 받아들였다. 규모가 제법 크다는 거였다. 아빠는 그 말에 바로 응수했다.

"크기만 하다고 장사 잘되냐?"

엄마는 뜬금없이 나를 바라보며 동의를 구했다.

"너희 아빠가 이렇다, 응?"

나는 괜히 계산대 앞 진열대의 껌들만 만지작거렸다. 이빨 빠진 부분을 채워 정리하는 사이 달콤한 풍선껌 냄새가 포장지를 뚫고 올라왔다.

"물건 한 가지라도 더 구색이 갖춰져 있으면 거기로 가고 싶지. 싸면 말할 것도 없고."

엄마의 분석에도 아빠는 흔들림이 없었다.

"이름부터 틀려먹었잖아. 엉터리가 뭐냐, 엉터리가. 말대로 간다, 뭐든지. 두고 봐."

"가서 보니까, 우리 슈퍼 몇 개는 합쳐놓은 크기라니까 그러네. 이거 사건이네, 정말."

할머니에 대해서는 어떤 이야기도 나누지 못하고 집으로

돌아가면서 나도 혼잣말을 내뱉었다.

"사건이네, 사건."

현관문을 열었을 때, 거실로 쏟아진 오후 햇빛 무더기 속에 먼지들이 둥둥 떠다니는 게 보였다. 조명처럼 쏟아지는 햇빛 속에서 할머니는 무릎으로 기면서 바닥을 닦았다. 손님들을 맞이하려고 아침부터 여러 차례 쓸고 닦은 덕에 집안은 넘치게 반질반질했다. 내가 들어오는 기척에 할머니는 그대로 고개를 들었다.

'중간에 내빼는 것들 중 잘되는 꼴 하나 못 봤다.'

이런 식의 타박하는 소리가 시작될 거라는 예상은 빗나갔다. 할머니는 말없이 시선을 다시 방바닥으로 돌렸다. 자근자근한 잔소리가 날아다녀야 할 공간이 무거운 침묵으로 가득 찼다.

"할머니 뭐해?"

괜히 던져본 싱거운 질문은 할머니를 둘러싼 차고 투명한 벽에 부딪혀 그대로 튕겨져 나왔다. 할머니는 방으로 들어가 걸레로 바닥을 몇 번 훔치더니 장롱 쪽으로 몸을 돌려 모로 누웠다.

할머니는 저녁밥 때가 훨씬 지나서야 일어났다.

"시간이 어떻게 되았냐? 그나저나 너 둘째 아까 치우다 말고, 어딜 내빼다 오냐? 중간에 그르케 내빼면 안 한 거나 매한가지다."

할머니는 나부터 잡았다. 그다음으로 바깥으로 내뺀 '첫째 은세년'과 흡족하게 성의를 보이지 않은 엄마, 아빠가 할머니의 입에서 잘근잘근 씹혔다. 할머니는 저녁을 차리는 게 늦어져 서두르면서도 입을 멈추지 않았다. 그런 할머니의 모습에 무거웠던 마음이 가벼워졌다.

"며칠부텀 샛바닥 닳도록 말을 했으믄, 말 아픈 줄도 알어야지. 그르케 홀라당 나가버리는 싹퉁머리 없는 짓거리를 어디서 배운 것이냐? 학교에서 그러라고 가르치든?"

괜히 나를 노려보면서 도망간 은세 언니 욕이었다. 다음은 엄마, 아빠의 차례였다.

"잠깐 코빼기라도 비칠 줄 알았다. 둘 중 하나라도 왔다 가믄 발모가지 분질러지냐 이 말이여 내 말은."

할머니는 압력 밥솥에 밥을 안치고 식탁에 앉았다. 그러고는 식탁 유리 위 먼지며 부스러기를 또 찍어냈다. 분이 안 풀렸는지 다시 내게 화살이 돌아왔다.

"내년에 고등학교 올라간다는 게, 그거 하나 못 찾어갖고 쩔쩔매?"

아까 성경을 제대로 찾지 못한 탓을 하는 것이었다.

"고등학교랑 상관이 없지, 할머니. 처음 보는 책인데 어떻게 알아요."

"어차피 글자루 다 써 있는 거, 응? 교회 가면 저것보다 작은 애기들도 척척 잘만 찾드라."

할머니가 이번에는 막내 은율을 가리키며 말했다. 그러고는 다시 나를 쏘아보았다.

"둘째 넌 너 칠칠맞은 거 어제오늘 일 아니다만 그걸 또 언제 뜯어처먹고 것도 모질라서 바닥에다가 추접시럽게 흘리고 다녔냐. 참 오늘 추접시런 꼴 다 보이고 말았다. 그랬으믄 성경이라도 척척 찾아서 내 욕을 보이지 말든가. 여러 가지로 넘부끄러워서……."

"할머니."

나는 목소리를 내리깔았다.

"처음 해보는 건 박사가 와도 몰라요. 안 해봐서 못하는 거는 남부끄런 게 아니여."

할머니의 억양을 따라 대꾸했다. 신중하고자 했던 노력은 포기하기로 했다. 그냥 저지르기로 했다.

"할머니, 글을 모르는 게 부끄러운 일은 아니잖아요?"

할머니는 순간적으로 멍해진 것 같았다. '너무 빨리 터트린 건가?' 자책하는 순간, 멍해진 할머니의 눈빛이 재빨리 돌아와 빛났다.

"너 당최 다른 사람헌테 말허지 말어라."

할머니가 떨리는 손가락으로 아끼는 사람 수로도 세지 않던 막내 은율을 가리켰다.

"저것한테도 끄내지 말어라."

막내는 바닥에 배를 깔고 누워 심방 예배 순서지에 그림을 그리느라 정신없었다.

할머니가 보리차를 들이켰다. 압력 밥솥 안에서 꽉 붙잡혀 있던 증기가 한꺼번에 밖으로 배출되며 요란한 소리가 났다. 그 소리에 할머니의 목소리가 섞였다.

"누구헌테든지 말했다가는 둘째 넌 너."

할머니는 식탁 의자에 팔을 걸치고 앉아 숨을 고르더니 다시 입을 열었다.

"아구지를 아조 찢어놓을 테니."

손님들이 겨우 서너 알만 떼어먹어 거의 처음 그대로인 포도송이를 바라보았다. 괜히 포도 한 알을 잡아 비틀었다. 상큼한 과육이 목구멍으로 넘어갈 때쯤 할머니가 말했다.

"내가 오늘."

할머니가 숨을 크게 들이쉬었다가 뱉었다.

"내 눈꾸녕을 팔 뻔했다."

할머니의 눈가가 촉촉해진 걸 보고 깜짝 놀랐다.

"누가 숟가락이라도 들고 와서 내 눈꾸녕을 쏘옥 파놓는 게 낫겠다 싶었다. 그러믄 저 할매가 눈구녕이 아조 없어서 못 읽는구나 했을 것 아니냐."

갓 지은 밥 냄새가 집안을 가득 채웠다.

신세한탄을 한참 쏟아내던 할머니는 바깥에서 놀다 들어온 은세 언니의 기척에 입을 꾹 닫았다. 은세 언니는 사정도 모르고 벙글거리며 들어왔다. 할머니는 전의를 상실한 듯 특별히 잔소리도 하지 않았다. 은세 언니는 텔레비전을 켜두고 배를 깔고 누워 심방 예배에서 남은 쌀과자를 먹었다. 한참 말이 없던 할머니는 언니 쪽으로 다가가 걸레로 방바닥을 훔쳤다. 그러더니 그 걸레로 냅다 언니의 등짝을 세게 갈겼다.

"한 것도 없는 년이! 드럽게 흘리기나 허고."

"아, 진짜."

고소한 마음에 나도 모르게 웃음이 새어 나왔다. 언니가 나와 할머니를 노려보며 씩씩댔다.

"드러운 걸레로 왜 때려요, 할머니. 매로 때려, 차라리 매로!"

"싸납쟁이 네 이년, 어디 눈깔을 위도 춘상이네 오메 눈뜨듯이 그르케 뜨고 할매를 보냐."

노려보는 눈을 할 때마다 나오는 레퍼토리였다. 우리 가족이 살던 섬 위도에서 유명한 인물이었다. 위도를 한 번씩 뒤집어놓았다던 춘상 아저씨네 어머니. 그 '춘상 오메'처럼 눈을 치뜬 죄로 언니는 할머니에게 한 대 더 세게 맞았다. 보는 내가 속이 다 시원했다.

할머니의 일은 단순한 해프닝으로 끝날 수 없었다. 학교에 가서도 슈퍼 일을 도울 때도 그날의 사건이 머릿속을 떠나지 않았다. 사실 계속 나를 붙잡는 건 할머니의 마지막 한마디였다. 은세 언니가 집으로 들어오기 직전에 했던 말.

"섬에서 나왔더니만 육지는 온통 글자 세상이드라."

이 말을 떠올리면 가슴팍에서 뭔가가 쐐하고 쏟아졌다가, 흩어지는 기분에 휩싸였다. 바로 그 기분이 모든 것의 시작이 되었다. 비밀이 누설되면서 이야기가 끝나는 대개의 드라마나 영화와는 달랐다. 비밀의 끝에서 다시 새로운 이야기가, 그 비밀보다 더 큰 사건이 시작되었다.

*

고입을 위한 여름방학 특별 보충수업 마지막날이었다. 학교에서는 간단히 '여름 특보'라고 불리는 이 수업은 시에서 내려온 돈으로 운영되어 무료였고, 전교 40등까지만 참여할 수 있었다. 여름방학에 출석하는 것이 귀찮기도 했지만, 조금 으쓱한 기분으로 특보 수업을 들었다.

"은동이가 여름 특보 문 닫고 들어왔다."

담임 선생님은 내가 특보생 중 꼴등이라는 것을 굳이 그렇게 전달했다. 공부는 욕심이라고 말하며 공부에 절실하지 못한 나를 늘 안타까워했다. 열정, 치열 이런 단어를 담임 선생님은 좋아했다.

그 누구보다 나는 욕심으로 가득차 있었다. 친구들이 자신이 하고 싶은 것에 대해 말로만 떠들 때, 나는 움직였다. 가끔 온몸이 너무 뜨거워져서 열정이 조금은 사라져도 좋겠다 싶을 정도였다. 하지만 내가 그런 아이라는 것을 선생님은 전혀 눈치채지 못했다.

아무튼 선발 집단이 갖는 열기는 대단해서 여름 특보 수업은 마지막날까지 빠지는 학생이 별로 없었다. 보충수업 마지막날 4교시는 예고대로 과자 파티였다. 4교시 담당이었던 수학 선생님과 보충수업 관리를 담당하는 선생님이 양손에 커다란 비닐을 들고 교실로 들어왔다. 비닐 안에는 온갖 과자와 음료수, 종이컵이 담겨 있었다. 아이들이 선생님의 지시에 따라 책상을 여섯 개씩 한 조로 붙였다. 다른 아이들이 책상을 밀며 들썩일 때 노란 봉투 겉에 인쇄된 글자가 눈에 들어왔다.

'엉터리마트'

여섯 개의 책상을 붙여 만든 테이블에 과자 봉지를 찢어 펼쳤다. 그 위에 여러 과자를 쏟았다. 음료수까지 따르자 수학 선생님은 자세를 바르게 하라는 주문을 했고, 교감 선생님이 들어왔다. 과자 무더기에서 과자 냄새가 섞여 올라왔다. 교감 선생님이 짤막한 연설을 끝내고 자리를 뜨자 아이들이 신나게 과자를 집어삼키며 수다를 떨었다. 나는 손도 대지 않았다. 엉터리마트의 과자를 먹는 게 우리 필성슈퍼에 대한 배신 같았다. 마침 따로 할 일도 있었다.

배가 아프다는 핑계를 대고 교실 구석의 빈 책상에 앉았다.

"은동아, 이거라도 챙겨."

석희가 뜯지 않은 과자 하나를 들고 왔다. 일본어가 귀엽게 써진 수입 과자였다. 동그란 과자 사이에 부드러운 크림이 넘쳐흐르는 샌드 과자였다. 포장지에 그려진 그림만 봐도 눈이 번쩍 떠졌다.

"못 보던 거라서, 너 주려고 챙겼어."

고개를 저었지만 석희는 아랑곳하지 않고 과자를 가방에 넣어주었다. 가끔 석희가 은세 언니보다 더 언니 같을 때가 있었다.

공책을 꺼내어 첫 장을 펼쳤다. 문구점에서 산 초등학교 1학년용 국어 노트였다. 첫 칸부터 자음을 차례로 꾹꾹 눌러 적었다. 오늘은 할머니와 한글 수업을 하기로 한 첫 날이었다. 처음부터 할머니를 직접 가르칠 계획은 아니었다.

처음에는 할머니에게 다른 방법을 제안했다. 우연히 발견한 성인 문해 교실이 그거였다.

할머니가 문맹이라는 사실을 알고 신기한 경험을 했다. 평소엔 안 보이던 게 보이기 시작한 것이다. 그중 하나가 학교 건너편 2층짜리 건물이었다. 1층은 온통 한문으로 써진 나무 간판을 단 사무실이었다.

'재정읍안동김씨종친회'

어릴 때 지역 향교의 천자문 교실을 다닌 석희가 한문을 읽어줬다. 간혹 사람이 드나드는 게 보였다. 그러나 관심 밖의 공간이었고, 그저 늘 습관처럼 지나는 길이었다. 바로 그 종친회 건물 위층이 어느 날 하굣길에 계시처럼 눈에 들어왔다. 할머니의 비밀을 알고 이틀이 지난 뒤였다.

창문 전체에 '성인 한글, 초중고 검정고시, 성인 영어 기초'라는 글자가 세로로 쓰여 있었다. 눈이 번쩍 뜨였다.

특히 창문 맨 끝에 '전액 지원(무료)'이라고 적힌 글자를 발견하고 무릎을 쳤다. 집에 도착하자마자 할머니에게 한글을 가르쳐주는 학원이 있다고 들뜬 목소리로 알렸다.

반색하며 좋아할 줄 알았는데 돌아온 답은 의외였다.

"돈 내고 욕보일 일 있냐?"

"무슨 욕을 보인다고 그래요, 할머니?"

"글자 모린다고 동네방네 소문낼라고 그런 데를 다녀야?"

할머니는 몹쓸 것을 본 듯 얼굴까지 찡그렸다.

"심지어 무료라고요. 공짜."

"공것이라고 해놓고 참말로 공으로 주는 사람 봤냐? 너 내년에 고등학교 가믄 이제 어린애기도 아니다, 응. 물정을 그렇게 몰라? 돈 주고 배우라고 해도 그른 데 가서 안 배운다."

그렇게 쐐기를 박고 돌아서며 한마디를 더 내뱉었다.

"어딜 가라고 허기 전에 지가 가르쳐주든가."

할머니가 그냥 해본 말이라고 생각했다. 내가 할머니를 가르친다는 건 생각해본 적이 없었다. 할머니가 돌돌 말린 돈을 쥐여주기 전까지는.

"이제 쌀 안 팔란다. 이거 가르치는 삯으로 받고 가르쳐라."

할머니는 쌀을 사면서 늘 판다라고 말했다. 왜 거꾸로 말하냐고 물으면 옛날부터 다들 그랬다는 게 답의 전부였다. 아무튼 할머니는 그 쌀을 다른 곳이 아닌 우리 필성슈퍼에서 샀다. 집에 쌀이 떨어지면 할머니는 슈퍼로 와서 쌀 이십 킬로그램짜리를 끌어안아 계산대에 올렸다. 치마 허리춤을 바깥으로 쭉 당겨 속주머니에서 둘둘 말린 돈을 꺼내 카운터 책상에 툭 던지곤 했다.

할머니가 '여자들'이라 부르는 단골 아주머니들은 쌀값을 내는 할머니를 볼 때마다 놀라워했고, 그럴 때마다 할머니는 당당히 허리를 펴고 말했다.

"우리집 쌀은 내가 다 팔어서 대지."

할머니가 쌀값을 댄 건 우리 가족이 육지로 이사를 온 후부터였다. 돈도 없는 양반이 무슨 쌀값이냐고, 손님들 보면 욕한다고 아빠가 말렸지만 소용없었다. 반면 엄마는 할머니가 건네는 쌀값을 받으며 망설이는 법이 없었다. 군이 그걸 받느냐는 나의 말에 답은 한결같았다.

"그런 것이 다 노인네들 재미인 것이야."

쌀을 살 때마다 할머니의 표정은 결연했다. 어쩌면 온통 글자 세상인 육지에서 할머니가 할 수 있는 최선인지도 몰랐다.

자신의 유용함을 증명해주던 그 돈을 수업료로 내게 준다는 거였다. 거부할 수 없는 제안이었다. 예상보다 빠르게 목표 금액을 채울 수 있는 기회였다.

'한글은 전 세계에서 가장 배우기 쉬운 글자야.'

보충 시간에 힘주어 말하던 국어 선생님의 말이 떠오르면서 용기가 생겼다. 외국인도 며칠이면 읽고 쓸 수 있다고 분명히 말했다.

"할머니 내가 가르쳐주면 진짜 배울 거예요?"

"못 헐 건 또 뭐냐."

그렇게 할머니와의 한글 수업이 성사되었고, 특보를 마치는 날 시작하기로 한 것이다. 대신 한글 수업 하는 걸 가족 누구에게도 말하지 말라고 할머니는 신신당부했다. 그건 나도 환영이었다. 돈을 차곡차곡 모으는 데에 방해가 없어야 했다.

할머니의 비밀만큼이나 나의 비밀도 꼭 지켜야 했으니까.

여름 특보 반 아이들이 엉터리마트에서 사온 과자들을 하나도 남김없이 씹어대며 수다를 떠는 사이, ㄱ부터 ㅎ까지 따라 쓸 수 있는 학습지를 완성했다.

과자 파티가 끝나고 선생님의 지시에 따라 뒷정리로 한창이었다. 노란 엉터리마트 비닐봉지에 쓰레기를 담는 것을 도왔다. 과자 부스러기가 하복 치마에 묻었고, 그걸 신경질적으로 털어냈다.

엉터리마트는 삼 주 전 화려하게 우리 고장에 출사표를 던졌다. 개업 첫날 방문한 모든 사람에게 계란 한 판을 증정하는 행사는 히트였다. 커다란 애드벌룬이 마트 위에 떠다녔고, 입구에서는 온종일 늘씬하게 빠진 내레이터 모델이 춤을 추고 목소리를 높였다.

주공 아파트 입구에 위치한 우리 필성슈퍼 눈치를 보며 계란 한 판을 들고 신속하게 움직이는 사람들이 많았다. 신자 아주머니는 대놓고 계란을 들고 슈퍼 안으로 들어오기도 했다.

"언니! 내가 어떤가 보려고 한번 가봤어. 진짜 공짜인가. 근데 요거 알이 너무 작어. 하긴 좋은 거 줬겠어? 폐기 직전 것 싸게 어디서 들어왔겠지."

괜히 사은품의 질을 탓하고, 평소답지 않게 가격도 안 따지고 이것저것 물건을 골라 집어 계산하고 갔다. 신자 아주머니가 나가고 엄마는 면장갑을 끼고 물건의 먼지를 닦아내며 나지막하게 말했다.

"나 같아도 공짜라면 달려들지."

엉터리마트 개업 전 심각했던 엄마는 개업 후 되레 무덤덤해 보였다. 초조해하는 건 콧방귀를 뀌었던 아빠였다. 자정에서터 문을 내리기 전, 그날의 매출을 정리하는 아빠의 표정이 조금씩 바뀌는 것이 눈에 보일 정도였다.

우리 필성슈퍼는 내장산으로 가는 도로에 인접한 슈퍼였고, 정읍시에서 세대가 많은 편에 속하는 주공 아파트 입구에 자리한 상가였다. 고모는 이 자리에서 번 돈으로 서울 어느 한산한 동네에 건물을 올렸다. 1층은 쭈꾸미집과 호프집이 들어왔고, 2층과 3층은 월세로 살림집을 내주었다고 했다. 그리고 맨 꼭대기 층이 고모네 살림집이었다. 아빠는 자주 손가락을 접어가며 고모가 가만히 앉아서 한 달 동안 벌어들이는 월세를 헤아리곤 했다. 그게 우리의 미래가 될 수 있다고 믿으며 말이다. 하지만 엉터리마트의 등장으로 그 미래는 저만치로 달아나기 시작했다. 여름 특보를 마치고 슈퍼에 들렀을 때도 엉터리마트 이야기중이었다. 이야기 끝에 아빠가 대책을 내세웠다.

"배달을 좀 늘려야 할 거 같다."

엉터리마트와 차별성을 둘 수 있는 건 배달이라는 거였다. 이 말을 듣자 절로 미간이 찌푸려졌다. 안 그래도 나는 배달에 자주 동원됐다. 지금보다 배달이 늘어나면 얼마나 자주 불려나갈지 모를 일이었다.

"배달 너무 귀찮아. 꼭 배달을 해줘야 해요?"

"장사 그냥 하는 줄 아냐? 니네 고모가 앉아서 돈 번 줄 알어 사람들은, 참네."

말이 길어질까봐 자리를 털고 일어났다. 집으로 가는 길에 미술 학원에 가는 은세 언니를 만났다.

할머니와 한글 수업을 이 시간으로 정한 건 은세 언니가 집에 없는 시간이었기 때문이었다. 집에 들어가니 할머니는 벌써 작은 상을 펼쳐두고 앉아 있었다. 아까 학교에서 한글 자음을 써둔 공책을 할머니 앞에 펼쳤다.

공책 첫 줄에 써둔 ㄱ, ㄴ, ㄷ, ㄹ를 내가 먼저 천천히 읽었다. 두번째로 읽을 때는 할머니에게 소리 내어 따라 읽게 했다. 할머니는 곧잘 따라 했다. 할머니와 나 사이에 쑥스러우면서도 다정한 공기가 흘렀다. 뭔가 잘될 것만 같은 예감이 샘솟았다.

"할머니 이번에는 기역자 하나만 따라 써봐요. 보고 그대로 쓰면 돼요."

할머니에게 연필을 건넸다. 문제는 그때부터였다. 연필이 할머니 손에서 제대로 안착하지 못하고 겉돌았다. 할머니는 아기가 막대 과자를 꽉 잡은 것처럼 연필을 잡았다. 수줍은 것인지 두려운 것인지 알 수 없는 표정이었다. 나는 할머니 손을 붙들고 연필 잡는 자세를 교정했다. 할머니의 손은 무거운 물건을 쥔 것처럼 잔뜩 힘이 들어갔다. 급기야 연필 쥔 손을 덜덜 떨었다.

"인자 어찌케 하믄 되냐?"

할머니의 이마에 땀이 송골송골 맺혔다.

"이거 기역자 내가 쓴 대로 그대로 아래 칸에 써보라고요, 할머니. 그냥 그대로만 따라 써요."

"이놈 말이냐?"

할머니가 왼손으로 ㄱ자를 가리켰다. 나는 고개를 끄덕였다. 연필심이 천천히 ㄱ 아래 칸으로 갔다. 당장이라도 연필은 할머니의 손에서 떨어질 듯 위태로웠다. 연필심이 드디어 종이에 닿았다. 가로로 첫 획을 쓰는데 마치 누가 손을 잡고 장난이라도 하는 것처럼 선이 구불구불 그어지더니 네모 칸 밖으로 치고 올라가버렸다. ㄱ자를 보면서 그대로만 쓰면 되는데 가로획 하나도 제대로 그어지지 않는 것을 보고 진심으로 놀랐다. 자신만만하게 시작할 일이 아니었다. 며칠이면 다 뗄 수 있는 게 한글이라고 말한 국어 선생님에게 달려가 따지고 싶었다. 할머니가 연필을 내려놓더니 윗옷을 훌러덩 벗었

1부 _ 모든 것의 시작

다. 할머니의 얼굴과 목이 붉게 달아올랐다.

"오메, 쩌죽겄다. 베란다 문이라도 열어봐라."

쩌죽을 것만 같은 건 나도 마찬가지였다. 일어나서 베란다 창문을 열었다. 늦여름의 열기가 만만치 않았다. 후텁지근한 바람이 얼굴을 스쳤다. 건너편 103동에 신자 아주머니의 뒷모습이 보였다. 차 트렁크에서 무거운 걸 꺼내려는지 끙끙댔다. 아주머니의 허리가 펴지면서 양손에 들린 물건이 드러났다. 노란색 비닐봉지, 아까 보충수업 간식 시간에 보았던 그 엉터리마트 봉투였다. 양손의 봉지는 물건으로 가득차 금방이라도 툭 찢어질 것만 같았다. 신자 아주머니가 뒤뚱거리며, 그러나 제법 신속하게 103동 1·2라인 입구로 들어가버렸다.

*

엄마는 종이 상자를 차량 번호판만하게 자른 뒤, 매직으로 적었다.

두부 한 모라도 배달

고모는 슈퍼를 넘기면서 매뉴얼을 함께 줬다. 고모의 말이 적힌 노트를 금고 가장 깊숙한 곳에 보관해두고, 부모님은 가끔 그것을 열어보았다. 계절이 바뀔 때, 뭔가를 놓치고 있다고 생각될 때, 매뉴얼을 살피며 머리를 맞댔다. 하지만 매뉴얼 항목에 '엉터리마트'라는 변수는 없었다.

이 변수에 맞서 내놓은 게 '두부 한 모라도 배달'이었다. 그 글자가 적힌 박스에 구멍을 뚫어 밧줄로 연결해 목걸이처럼 만들었다.

목걸이의 주인공은 슈퍼 앞마당 오른쪽에 있는 은행나무였다. 수형이 제법 예쁜 나무였다. 계절이 깊어지면 잎이 조명처럼 노랗게 빛났다. 늠름하면서도 아름답기까지 한 은행나무를 나는 좋아했다. 그렇지만 오늘은 꼴이 말이 아니었다. 때가 낀 밧줄로 만들어진 투박한 목걸이를 걸고 있었다.

"사람들이 정말 딱 두부만 시키겠냐. 미안해서 뭐 하나라도 더 주문하지."

엄마는 그렇게 말했다. 알 수 없는 긴장감이 돌았다. 느슨하던 일상이 팽팽해지는 기분이었다. 팽팽해진 건 슈퍼의 기운만이 아니었다.

갯벌에서 호미를 잡아 바지락을 캐고, 작은 바지락을 민첩하게 돌려가며 살을 발라내던 할머니의 손은 연필 앞에서는 무력했다. 손의 근육이 전혀 없는 사람처럼 할머니는 사흘이 넘도록 연필을 제대로 붙들지 못했다.

그때 내 눈에 보인 건 막내 은율의 학습지였다. 은율이 선 긋기를 했던 것이 생각났다. 그게 아니었다면, 뭘 어떻게 시작해야 하는지 허둥대기만 하다 끝났을 것이다. 할머니와 연필을 잡고 반듯하게 가로로 선을 긋는 연습만 일주일 넘게 했다. 그다음 세로선, 사선, 동그라미로 이어졌다. 그러는 사이 할머니 손의 떨림은 조금씩 줄어들었다. 노트에서 구불구불하게 기어가던 선들은 시간이 흐르면서 아주 천천히 펴지기 시작했다.

중3 여름이 끝날 무렵, 할머니는 막 선 긋기를 뗐다. 9월이 되어서야 자음 공부를 시작할 수 있었다. ㄱ 다음 ㄴ, 그다음은 ㄷ, 이런 식으로 점차 순서를 익혔다. 각 자음의 이름을 순서와 상관없이 기억하는 건 아직 무리였다. 내가 ㄹ을 짚으면 할머니는 바로 이름을 말하지 못하고 손가락을 접어가며 ㄱ부터 순서대로 읊다가 '리을'이라고 답하는 식이었다.

그러는 사이 여섯 살짜리 막내 은율은 벽에 붙은 자음 표를 어느새 외워버렸고, 받침이 없는 글자를 읽기 시작했다. 그 모습을 본 할머니는 부러운 눈치였다.

"저것은 대그빡이 새것이잖냐. 핑핑 돌아갈 거 아니냐."

할머니의 눈빛이 아련해졌다.

"나도 애기 때에 배워놨으믄……."

슈퍼 앞 은행나무가 진한 노란빛을 내며 풍성해질 때까지 할머니와의 한글 수업은 하루도 빠짐이 없었다.

아침에 숙제 노트를 아무도 모르게 싱크대 아래 선반에 두고 가면 할머니는 우리가 학교에 간 사이 부지런히 반복해서 썼다. ㄱ에서 ㅎ까지는 순서대로 읽고 쓸 수도 있었다.

"이것이 첫번째 것, 그 기역자냐?"

할머니가 부침개를 하려고 곰표 밀가루를 들었다가 곰표의 'ㄱ'자를 짚고 그렇게 말했을 때, 나는 좀 감격해서 박수를 쳤다. ㄹ의 방향을 바꾸어 쓰는 것 말고는 자음의 모양이 제법 꼴을 갖추었다. 한 획 긋는 것조차 쉽지 않던 첫날을 생각하면 괄목할 만한 성과였다.

매달 할머니에게 받는 수업료도 차곡차곡 쌓였다. 목표액에 가까워지자 가슴이 뛰었다. 돌파해야 할 마지막 장애물이 점점 다가오는 것 같기도 했다. '기쁨과 두려움이 동시에 다가오는 기분' 나는 일기장에 그렇게 썼다.

나의 이러한 비밀스러운 계획과 상관없이 고입 선발 고사 날짜도 가까워졌다. 모의고사 점수로 봐서 집에서 가장 가까운 여고에 가고도 남을 점수였다. 문제는 '특별반'이었다. 8개의 학급 중 단 삼십 명만을 위한 1개의 특별반과 7개의 보통반을 운영하는 학교였다. 2년 전 이 제도를 도입하고 대입 성적이 크게 오르자, 정읍 시내 모든 고등학교에서 이렇게 따로

반을 운영하기 시작했다. 고입이 가까워지자 우리는 틈이 날 때마다 고등학교의 이상한 분반 시스템에 대해 선생님들에게 물었다.

"어떻게 그럴 수 있어요?"

비인간적인 방식에 대해 선생님들에게 항의해봤자 소용이 없었다. 돌아온 답은 늘 이랬다.

"억울하면 공부를 해, 공부를."

불만을 가질 시간에 공부를 하라고 했다. 고등학교는 그런 곳이라고, 그게 당연하다고 말했다. 다 우리를 위한 것이라고 말이다. 아무튼 나는 특별반에 가고 싶다는 열망보다 보통반에 들어가고 싶지 않은 마음이 컸다.

"어! 뭔지 알 것 같다. 그래, 나도 그런 것 같아."

석희는 은세 언니처럼 '뭔 소리야, 그 말이 그 말이지. 그니깐 특별반 가고 싶다는 거잖아'라고 말하지 않았다. '무슨 말인지 알겠어'라고 말해줄 때마다 석희와 한 발자국씩 가까워지는 것만 같았다. 그러다가도 석희가 전교 1등인 걸 생각하면 정말로 나를 이해하고 있는 건지 의문이었다.

"넌, 전교 1등인데 무슨 걱정이야."

고등학교 걱정을 하는 석희에게 이렇게 말하곤 했다.

"중학교 때랑 다르다잖아, 작년에 전교권 언니 중에 여고에 가서 100등 아래로 떨어진 언니도 있대."

그렇게 고등학교에 대한 무섭고 흉흉한 이야기들이 중3 교실 안에 떠돌았다. 전교 1등인 석희도 고등학교를 두려워한다는 것이 조금은 위안이 되었다.

학교에서는 고입이 중요한 문제였지만, 우리 가족은 수험생 대접을 해주지 않았다. 슈퍼에만 오면 고입 시험은 아주 사소한 일이 되어버렸다.

슈퍼는 '두부 한 모라도 배달' 이후 배달 주문이 늘었다. 배달이 늘었다고 매출이 눈에 띄게 늘어난 건 아니었고. 아빠의 말이 적중했다. 정말 두부 한 모만 주문하는 사례가 속출했다. 두부 한 모가 든 하얀 봉투를 달랑 손목에 걸고 배달 다녀온 언니는 그 집에서 엉터리마트 비닐봉지를 보았다고 부모님께 고자질하기도 했다. 그럴 때마다 엄마는 덤덤했고, 아빠는 배신당한 사람의 표정이었다.

가방을 내려놓고 카운터 옆 평상에 앉았다. 어김없이 울리는 전화벨. 콩나물 오백 원어치와 우유 한 팩이었다. 당연히 내 몫이라 생각하고 자리를 털고 일어났다. 콩나물을 담은 봉투를 넘기는 엄마의 입술이 동그랗게 모였다. 동시에 나는 한숨을 내뱉었다. 5층일 게 뻔했다. 여기 아파트에서 가장 높은 층수였다. 아무리 가벼운 물건을 배달한다고 해도 5층은 싫었다.

"502호."

입을 쭉 내밀던 내가 활짝 웃었다. 101동 502호였다. 주공 아파트는 열 개도 넘는 동이 있었지만 필성슈퍼에서는 101동 502호 아주머니를 그냥 502호 아주머니라고 했다. 502호 배달은 얼마든지 환영이었다.

슈퍼 뒷문을 열면 넓은 공터였다. 필성슈퍼, 신세대문구점, 항도약국, 우정세탁 어느 상가든 뒷문을 열면 같은 공터가 나타났다. 일종의 공동 뒷마당 같은 곳이었다. 그 뒷마당과 마주한 101동 앞으로 갔다. 콩나물과 서울우유 한 팩을 품에 안고 위를 올려다보았다.

창문이 열렸고, 민소매를 입은 502호 아주머니의 통통하고 하얀 팔뚝이 다용도실 창에 얹혔다. 아주머니의 얼굴 아래에서 샛노란 바구니가 천천히 내려왔다. 바구니를 타고 안착한 오천 원짜리를 꺼내 주머니에 넣었다. 거스름돈인 동전을 천 원짜리 지폐에 싸서 바구니 바닥에 놓고 그 위에 콩나물과 우유를 눕혔다. 한 발 물러서자 아주머니가 바구니를 천천히 올렸다. 내려올 때보다 더 신중하게, 조금씩 기울기도 하면서 바구니가 올라갔다. 후텁지근한 저녁 공기를 가르며 올라가는 바구니가 목적지에 닿을 때까지 고개를 젖힌 채로 바라보았다.

"고마워요, 공주."

곧이어 아주머니의 목소리가 초저녁 공기 중에 퍼져나갔다. 공주라니. 조금 민망했지만 싫지 않았다. 어떤 때는 저 바구니에 선물이 담겨 내려올 때도 있었다. 아주머니가 직접 만든 머리 끈, 목도리 같은 것들 말이다. 그런 것들은 아무리 작은 것이어도 꼭 포장되어 있었다. 502호 아주머니는 단 한 번도 가까이에서 얼굴을 본 적이 없지만 가장 가깝게 느껴지는 손님이었다.

"굿 보러 댕겨왔냐?"

슈퍼로 돌아오자 할머니는 노발대발이었다. 초저녁은 하루 중 가장 바쁜 시간대였다. 엄마는 바깥에 진열된 채소 등속을 비닐에 담아 손님에게 넘겨주느라 바빴다. 아빠는 배달을 간 모양이었다. 서너 사람이 카운터 앞에 줄을 서서 엄마가 있는 쪽으로 고개를 쭉 빼거나 두리번댔다. 할머니는 카운터 옆에서 손님들보다 더 초조한 표정이었다.

내가 계산을 시작하자 할머니는 그제야 한숨을 내쉬며 카운터 옆에 길게 놓인 평상에 앉았다. 계산을 할 줄 모르니 몰려드는 손님들을 앞에 두고 이러지도 저러지도 못하고 식은 땀만 흘린 모양이었다.

"간단하게 동전이라도 헤아릴 수 있으면 을매나 좋겠냐. 계산대 앞에서 덜렁 서 있기만 하는 노인네 어따 쓰냐."

초저녁 손님이 빠져나가고 한가해지자 할머니는 평상에서

일어나 마른걸레를 집어들었다. 계산대 주변을 먼저 닦고는 통조림과 각종 양념장이 진열된 선반 쪽으로 옮겼다. 묵은 먼지가 달라붙은 것들을 색출해내며 혀를 끌끌 찼다.

슈퍼 앞 은행나무 잎이 진한 노랑으로 물들기 시작하면서 김장철이 돌아왔다. 은행나무는 여전히 흉한 목걸이를 걸고 있었다. 거기에는 '두부 한 모라도 배달' 대신 다른 문구가 걸렸다.

명절만큼 대목은 아니었지만, 성탄절, 어린이날과 함께 특정 상품으로 매상이 올라가는 때가 김장철이었다. 이때는 가게 앞에 배추와 무가 가득 쌓이고, 김치 양념을 위해 마늘과 고추 따위를 가는 기계가 쉴 새 없이 돌아갔다. 손님들은 배추를 사면서 배, 사과, 액젓과 설탕, 소금 등도 같이 들고 갔다. 배추는 원가가 조금 비싸더라도 품질이 최상인 걸 들여왔다. 이것 역시 고모의 매뉴얼에 따른 것이다.

"배추가 다른 것을 부르는 거야. 배추를 못 팔면, 다른 것도 못 파는 거라고."

고모는 인수인계하며 몇 번이고 배추의 중요성을 강조했다.

아빠는 다른 지역의 도매 시장까지 가보겠다고 새벽 세시에 트럭을 몰았다. 아빠가 트럭 가득 싣고 온 배추를 온 가족이 줄을 서서 가게 앞에 부려놓았다. 엄마는 배추 하나를 꺼내와 은행나무 아래에서 커다란 칼로 쪼갰었다. 배추가 반으로 쪼개지는 소리가 경쾌하게 울렸고, 화사한 배춧속이 보였다.

"아휴, 좋네."

배춧속이 조명처럼 엄마 얼굴을 환하게 비추는 것 같았다. 지나가던 할머니가 아직 진열도 안 된 배추를 보더니 딱 멈췄다.

"어휴, 배추 좋다."

이렇게 말하고 배추를 탕탕 손바닥으로 두드리더니, 한 단을 사 갔다. 시작이 좋았다. 배추가 시들어가는 우리 필성슈퍼에 활기를 가져다줄 걸 누구도 의심치 않았다.

하지만 며칠이 지나도 영 속도가 나지 않았다. 몇십 단씩 주문을 받느라 바빴던 작년과 달랐다. 이게 엉터리마트 때문이라고 생각하지 않았다. 과자, 식용유, 통조림 이런 것들이야 일이백 원이라도 싸고 종류 많은 마트에서 살 수 있다고 체념한 상태였다. 그러나 김장 배추만큼은 내어주지 않을 거라는 자신감이 우리 필성슈퍼에 있었다.

하굣길에 보았다. 엉터리마트 건물 절반을 가린 현수막에는 '청정 강원도 태백 배추밭에서 방금 도착했습니다'라는 문구가 내걸렸다. 끝도 없이 펼쳐진 푸른 배추밭 언덕을 배경으로 써 내려간 그 글씨는 푸르고 당당했다. 배춧값은 한 단 가격이 우리 필성슈퍼보다 무려 오백 원이나 쌌다. 열 단이면 오천 원, 백 단이면 오만 원 차이였다. 언제나 담담했던 엄마가 당황하는 모습을 보니 덩달아 나도 불안해졌다.

차곡차곡 슈퍼 앞에 쌓아둔 배추는 줄어들 기미가 보이지 않았다. 슈퍼 앞을 다 가릴 정도로 욕심껏 부려놓은 배추 옆에서 엄마는 틈만 나면 서성이며 배추를 살피고, 시든 배춧잎을 뜯어냈다.

"배추가 다 무섭기는 내 생전 처음이네."

엄마가 그렇게 말하자 나도 무서웠다.

다음 날 '두부 한 모라도 배달' 문구는 슈퍼 앞 은행나무에서 떨어져나왔다. 그건 슈퍼 유리에 붙이고, 은행나무 목에는 다른 문구가 걸렸다.

배추 한 포기라도 절여드립니다.

아빠는 시장에서 사람 몇은 족히 들어갈 대형 고무 대야 몇 개를 트럭에 싣고 왔다. 대야 옮기는 걸 돕던 그때, 엄마와 아빠 표정이 너무 비장해서 어떤 불평도 할 수가 없었다.

반장이 칠판에 적어두는 고입 선발 고사 디데이 날짜의 숫자가 줄어들수록 마음이 무거워졌다. 그럴 때마다 점점 쌓이는 돈을 생각했다. 고입이 끝나고 방학이 되면 그 돈을 들고 버스에 올라탈 것이다. 이 고장에는 없는 것을 찾아서 말이다. 순간 고입에 대한 막연한 불안이 사라지고 가슴이 뛰었다. 하지만 그러려면 우선 부모님의 신뢰가 필요했다. 그걸 어떻게 만들어야 하는지 알 수 없었지만 일단 특별반에 들어간다면 나의 말에 힘이 실리는 건 분명해 보였다. 이제 일 분도 허투루 쓰지 말자고 다짐했다.

하지만 하굣길에 집에 들어가기 전에 잠깐 들른 슈퍼에 다시 발이 묶였다. 할머니와 막내까지 슈퍼에 와 있었다. 며칠 전부터 배추 주문이 들어오기 시작했고, 약속한 시간에 맞추어 배추를 절여야 했기 때문이었다.

부모님과 할머니는 슈퍼 뒷마당에서 배추를 절였다. 은세 언니는 배달 주문을 받아 물건과 거스름돈을 챙겼고, 나는 카운터를 맡다가 배달을 가기도 했다. 언니는 좋아하는 남자애가 이 아파트 단지에 산다는 이유로 얼마 전부터 배달을 절대 하지 않겠다고 선언했기 때문에 배달은 주로 나의 몫이었다.

"애, 이거 천 사백 원이 맞아? 엄마 안 계셔?"

방금 계산을 마치고 나가던 손님이었다. 문 앞에서 나가려다 멈칫하더니 고개를 갸웃거리며 봉투에서 다시 쌈장을 꺼내 카운터에 내려놓았다. 쌈장을 뒤집어 가격이 적힌 라벨지를 보여주었다.

"어떻게 사백 원 차이가 나지? 좀 심하잖아, 그렇지? 사백 원이면 라면이 한 봉지야."

엉터리마트와 가격 비교는 얼마 전부터 종종 들었지만 이렇게 따지듯 말하는 사람은 처음이었다. 침착하게 대응하고 싶어 부러 친절하게 말했다.

"환불해드릴까요?"

"됐어, 애. 지금 당장 써야 되는데."

아주머니가 쌈장을 낚아채 봉투에 신경질적으로 넣었다. 슈퍼 밖으로 나가며 내뱉은 아주머니의 말이 귀에 정확히 꽂혔다.

"양심 없게."

초저녁의 정신없는 시간대가 지나고 슈퍼가 한가해졌다.

"재수없어!"

아까는 가만히 있더니, 은세 언니가 갑자기 분에 못 이겨 냅다 소리를 지르더니 집으로 돌아갔다.

뒷마당으로 나가보았다. 뒷문을 열자 소금물에 절인 배추의 짠내가 차가운 바람에 실려 얼굴을 덮쳤다. 커다랗고 빨간 대야 위에 그보다 더 넓은 플라스틱 채반이 올라가고, 그 위에 동산처럼 절인 배추가 쌓이고 있었다. 배추 잎사귀 끝에서 소금물이 뚝뚝 떨어졌다. 할머니와 엄마, 아빠가 활처럼 둥글게 허리를 구부리고 소금물에서 마지막 배추를 건져내느라 바빴다. 추위에 빨갛게 언 얼굴에서 숨을 쉴 때마다 뜨거운 김이 새어 나왔다. 할머니가 벌게진 얼굴로 나를 바라보았다. 소금물이 묻은 빨간 장갑을 끼고 코를 힝 하고 풀었다. 장갑에 붙어 있던 초록 배춧잎 조각이 할머니의 인중에 점처럼 붙었다. 셋 중 누구도 양심 없는 사람처럼 보이지 않았다.

할머니가 요란한 신음 소리를 내며 천천히 일어났다. 무릎과 허리, 팔의 관절이 펴지는 순간마다 '후미미미미'하고 소리를 냈다.

"뼉다구 끊어지겄다. 안 그려도 션찮은 몸땡이, 조만간 아작 나겄어."

할머니는 쭉 펴진 허리를 꼿꼿하게 세우고 천천히 슈퍼 안으로 들어갔다. 카운터 옆 평상을 향해 가다가 목적지에 가까워지자 다시 허리를 구부렸다. 전기 판넬이 깔린 평상에는 얇은 담요가 깔려 있었다. 할머니는 담요를 걷어내며 뜨끈하게 달궈진 평상 바닥에 엉덩이를 밀어넣었다. 앉으면서는 '휴휴휴휴휴'하는 소리를 내며 숨을 골랐다. 꽤나 고단한 작업인 것 같았지만, 할머니의 얼굴은 되레 싱그러웠다.

"아이고, 어머니 오늘 진짜 고생하셨어."

엄마의 인사를 듣자 얼굴이 더 활짝 피었다.

"고생이 문제겠냐."

아빠는 오늘 저녁까지 절여달라고 한 배추를 파란 봉투에 담아 카운터 앞으로 가져나갔다. 시간에 맞추어 시청에 다닌다는 105동 아주머니가 구두 소리를 또각또각 내며 들어왔다. 아빠는 소금물을 머금은 배추가 가득 담긴 봉투를 어깨에 들쳐 메고 아주머니 뒤를 따랐다.

그러는 사이 우유를 꺼내오다가 이 광경을 유심히 지켜보던 일본 할머니가 눈을 둥그렇게 떴다.

"배추를 절여줘?"

일본에서 오래 살다 온 인텔리라고 아주머니들이 말한 뒤로 우리는 일본 할머니라고 불렀다. 일본어는 물론이고 한자와 영어까지 능숙하다고 했다. 일본 할머니는 늘 하얀 백발이 깨끗하게 빛났다. 할머니가 솜털처럼 부드럽게 생긴 백발을 쓸어넘기며 말했다.

"배추 절여줄 거라고 생각지도 못했어."

"어머니, 은행나무에다가 대문짝만하게 써놨잖아요."

"못 봤어. 그나저나 혼자 사는 노인네라 몇 단 안 되는데, 미안해서 절여달라고 말 못 하겠어."

"아이고 어머니 한 포기라도 절여드려야죠."

일본 할머니는 흡족해하며 그 자리에서 배추를 주문했다. 일본 할머니가 나가고 엄마는 허리춤에 양손을 올리고 골똘히 바깥을 바라보았다. 그러더니 은행나무 쪽 코너의 채소 박스들을 왼쪽으로 옮겼다. 배추 배달을 마치고 돌아온 아빠도 엄마와 몇 마디 나누더니 거들었다.

"뭣한다냐?"

할머니도 곧장 바깥으로 나갔다. 슈퍼 앞 정문을 중심으로 양쪽에 정갈하게 펼쳐 있던 채소 코너 중 한쪽이 깨끗하게 비워졌다. 간간이 드나드는 손님을 내가 상대하는 사이, 어른들은 뒷마당에 있던 빨간 대야를 앞마당으로 옮기기 시작했다.

결국 열두시까지 남아 정리를 도왔다. 슈퍼 앞 채소 코너와 김장 도구들에 넓은 포장을 덮고 아빠는 끈으로 그것을 묶었다. 엄마가 유리문을 잠그고 물러서자 아빠가 발끝을 올리고 팔을 쭉 뻗어 셔터 문을 잡아 내렸다. 아빠는 엄마보다 키가 작았지만 셔터를 내리는 건 늘 아빠의 몫이었다. 쭈그리고 앉아 자물쇠를 거는 것까지 말이다.

그 다음날부터 슈퍼 앞에서는 절인 배추의 세계가 펼쳐졌다. 장소만 바꾸었을 뿐인데 앞마당에서 배추 절이는 일은 더 소란스러웠다. 그것은 일종의 광고였고, 결과는 대성공이었다. 그렇게 우리 가족은 절인 배추의 세계로 던져졌다.

배추 주문 폭주로 슈퍼는 엉터리마트가 생기기 전의 전 가을처럼 분주했다. 막내까지 온 가족이 슈퍼로 총출동했다.

절인 배추의 세계에서 가장 쓸모 있는 일꾼은 할머니였다.

"너거들도 값을 혀, 값을."

슈퍼에 끌려가다시피 할 때마다 할머니는 이 말을 비장하게 외치며 우리를 몰았다. 수건까지 머리에 둘러매고 걷는 할머니의 뒷모습을 볼 때마다 마치 위도로 돌아간 기분이었다. 할머니는 위도에서 늘 저렇게 앞장서서 걸었고, 활기가 넘쳤다. 은세네 할매가 바지락 캐는 데는 도사라고 동네 사람들이 말하곤 하였다. 바지락 생산량도 많았을 뿐 아니라, 작은 과도를 삭삭 돌려가며 조갯살을 빼내는 속도도 대단했다. 물론 도시에서 그런 능력은 아무런 쓸모가 없었지만 말이다.

배추 때문에 좀처럼 시간이 나지 않는 할머니에게 숙제만 내주고 등교했다. 문득 열심히 배추를 절이고 있는 학생의 진도가 걱정되어 할머니에게 조용히 물었다.

"할머니, 숙제는 하고 있는 거예요?"

"그럴 정신이 있냐, 시방?"

할머니 머리 위로 노란 은행잎이 떨어졌다. 다시 살짝 바람이 불었고 머리 위에 위태롭게 앉아 있던 은행잎이 할머니의 딸기코 위로 미끄러졌다.

"이런 오살놈의 이파리."

할머니는 고무장갑 낀 손을 거칠게 내저었다. 그러는 통에 장갑에 묻어 있던 소금이 입에 들어갔는지 혀를 쑥 내밀고 침을 뱉어내느라 난리였다. 작은 언덕처럼 여기저기 쌓인 배추 위로, 빨간 바가지에 담긴 굵은 소금과 지나가다 멈춰 이 광경을 구경하는 아주머니의 벌어진 가방 속으로 노란 은행잎들이 떨어졌다.

*

고입이 끝나고 교실은 난장판이었다. 종이 박스를 가져와 교실 뒤에 깔고 누워 자다 혼쭐이 나는 아이들도 있었다. 그러면서도 수업을 하는 선생님은 드물었고, 대부분 자율 학습을 하게 했다. 그 시간에 제대로 공부하는 아이는 석희뿐이었다. 석희는 수학의 정석을 풀거나, 영단어를 외웠다. 한문 시간에는 선생님이 지난 시간에 나눠준 고등학교 대비 사자성어를 열심히 썼다. 그걸 보더니 한문 선생님이 한마디했다.

"군계일학이로구나."

한문 선생님의 칭찬에 석희는 고개를 숙였다. 곧은 자세로 고개만 숙인 석희가 고고해 보였다. 한 마리의 학이 분명했다. 그건 인정하는데 기분이 나쁜 건 어쩔 수 없었다. 왜 기분이 나쁜가? 질투인가? 나의 감정이 뭔지 정확히 알 수 없었

1부 _ 모든 것의 시작

다. 학교가 끝날 때쯤 그 감정의 정체를 깨달았다. 석희 한 명을 학으로 만들기 위해 닭 한 마리가 되어버린 불쾌감이었다.

하교 후 석희와 길이 갈리는 지점인 엉터리마트 앞에서 멈췄다. 나는 석희가 골목에서 사라질 때까지 기다렸다. 공중전화 부스 안으로 들어가 그동안 열 번도 넘게 걸었던 전화번호를 눌렀다.

'네, 미래 배우 아카데미입니다.'

늘 이 말만 듣고 전화를 끊어버렸다. 그곳이 사라지지 않았다는 사실에 안도했다. 그걸 확인하느라 한 달에 한 번은 전화를 걸었다. '조금만 기다려주세요. 제가 갑니다' 속으로 이렇게 비장하게 외치다, 어떤 날은 입 밖으로 뱉으며 수화기를 딸깍 내려놓기도 했다.

누군가에게는 장난전화처럼 보이겠지만, 곧 합류할 세계의 안부를 묻는 중요한 일이었다. 오늘은 한발 더 나아갈 생각이다. 나는 닭이 되고 싶지 않았다.

나만의 비밀 세계를 향해 신호가 울리고, 으레 듣던 멘트가 나왔다.

"네, 미래 배우 아카데미입니다."

머리가 띵하고 울렸다. 바로 옆 도시에 있는 공간이지만 도저히 쉽게 닿을 수 없는 곳. 그곳에서 들려오는 목소리는 한

없이 우아하면서도 단호했다. 돈은 모이고 있고, 곧 고등학생이 된다. 마땅히 그곳과 어울리는 사람으로 보이고 싶어서 최대한 또박또박 차분하게 질문했다.

전화기 너머로 개강 일정과 가격을 안내받자 가슴이 뛰었다. 공간이 나에게 달려오는 기분이었다.

예상치 못한 한마디를 듣기 전에는 말이다.

슈퍼에 도착하자 할머니와 응옥 아주머니만 바깥에 나와 있었다. 오전 작업이 어느 정도 마무리된 모양이었다. 응옥 아주머니는 내가 고입을 치르기 일주일 전부터 우리 필성슈퍼에서 배추 절임 작업을 돕기 시작했다.

응옥 아주머니가 처음 우리 아파트에 등장했을 때 온 동네가 떠들썩했다. 아주머니는 결혼을 했는데도 사람들은 '베트남 처녀'라고 불렀다. 이름과 상관없이 '그 국제결혼' 또는 '월남치마'라고 부르는 사람도 있었다. 아기가 아직 없고, 남편인 202호 아저씨는 멀리 타지를 돌다가 가끔 집에 오는 눈치였다. 아주머니는 처음에 빵 하나만 골라 후다닥 도망치듯 슈퍼를 나갔다. 엄마가 천천히 다가가 말을 걸고, 놀다 가라고 붙잡기도 했다. 최근에는 슈퍼에 오래 앉아 있다가 가는 일이 잦았다. 그러다가 가게가 바빠지는 초저녁 때쯤 조용히 자리를 뜨곤 했다. 그러더니 일주일 전부터는 배추를 절이느라 분주

한 엄마 곁에서 잔심부름을 해주기 시작했다는 것이었다. 덕분에 그 일주일 동안은 슈퍼에 나가지 않았다. 응옥 아주머니가 손을 보태준 덕에, 그제야 입시생 대접을 받은 셈이었다.

"먹고 대학생이 아니라, 먹고 중학생이구만."

방학 때나 일찍 하교할 때 할머니의 단골 멘트였다. 속 편하게 놀고먹으며 학교에 다닌다는 것이었다. 거기에 토씨를 달고, 반박하면 더 심한 잔소리가 돌아와서 별 대꾸를 하지 않았다.

카운터 옆 평상에는 늦은 점심이 차려져 있었다. 커다란 뚝배기 안에서 누런 청국장이 보글보글 끓는 중이었다. 어찌나 펄펄 끓는지 국물이 바깥으로 튀었다. 누런 청국장 국물 위에 뿌려진 빨간 고춧가루를 보니 식욕이 돋았다. 할머니와 엄마, 아빠가 둥글게 앉아 응옥 아주머니를 향해 손짓했다. 응옥 아주머니는 고개를 저었다.

"영옥아, 밥 먹으라고, 밥."

할머니는 숟가락으로 뚝배기를 딱딱 두 번 두드리며 응옥 아주머니를 불렀다. 할머니는 응옥 아주머니를 본인 식대로 '영옥'이라고 불렀다. 할머니가 계속 밥 먹으라는 시늉을 하며 부르자, 응옥 아주머니는 손사래를 쳤다. 입구 쪽 빵 진열대에서 보름달 빵 하나를 골라왔다.

"허참, 그건 새참이고, 새참. 일꾼이 밥을 먹어야 쓰지."

할머니가 타박했지만 응옥 아주머니는 청국장 근처에 가지 않고, 과일 진열대 끝에 걸터앉았다.

"오메, 똥구멍만 걸치고 앉아서 뭐한디야."

응옥 아주머니는 아기 손바닥만한 틈에 걸터앉아 빵 봉투를 뜯다가, 할머니의 말에 고개를 들었다. 또 밥 먹으라는 소리라고 생각한 모양이었다. 그녀는 까무잡잡하고 가는 손가락으로 보름달 빵의 한 귀퉁이를 떼면서 한마디했다.

"안 먹어. 싫어. 냄새."

할머니는 그 말을 듣고는 보란 듯이 청국장 건더기를 듬뿍 떠 하얀 밥 위에 얹었다.

"이 맛난 걸 두고 빵 쪼가리를 먹어?"

할머니는 밥을 쓱쓱 비벼 한입 가득 입안에 넣었다. 숟가락을 내려놓고 방금 절인 배추에 양념한 생김치를 쭉쭉 찢어 입에 넣었다.

"은동아, 후딱 먹고 일어날 텡게 계산 보고 있어라잉."

할머니의 말에 가방도 내려놓지 않고 카운터 의자에 앉았다. 오전 내내 노동으로 허기졌는지 청국장을 두고 둘러앉은 어른들도, 과일 진열대에 걸터앉아 빵을 먹는 응옥 아주머니도 아무 말 없이 음식을 삼켰다. 잠시 후 정적을 깬 건 응옥 아주머니였다.

"눈. 눈. 눈!"

지금까지 들었던 목소리 중 가장 컸다. 유리문 밖을 본 할머니가 목소리를 높였다.

"오메, 뭔 난리다냐?"

눈이었다. 부모님과 할머니는 도중에 숟가락을 내려놓고 밖으로 달려나갔다. 슈퍼 앞 차양 범위를 벗어나 눈을 맞고 있는 채소들과 절여놓은 배추를 거두느라 정신이 없었다. 눈발은 더 굵어졌고, 어른들은 눈을 하얗게 뒤집어썼다. 응옥 아주머니는 하늘을 바라다보며 눈을 끔벅였다. 그녀의 기다란 속눈썹 위에 눈이 내려앉았다.

쏟아지는 눈발을 바라보며 아까 미래 배우 아카데미와의 통화 내용을 떠올렸다.

"참 그리고 알죠?"

"뭘요?"

"면접이 있는 거요."

"네?"

"면접이 있답니다. 우리는 아무나 안 받아요."

예상치 못한 말에 말문이 막혀버렸다.

"더 궁금한 거 있나요?"

이 말을 듣자니 더 할말이 없어지는 기분이었다. 가까이 왔던 세계가 멀리 달아나는 것 같았다. 눈이 쏟아지기 전까지는 분명 그랬다.

희한하게도 쏟아지는 눈을 보자 설렜다. 면접이 있다는 말도 아까처럼 절망적으로 느껴지지 않았다. 눈이 오기 전부터 주문을 건 덕분인지도 모른다. '괜찮아, 할 수 있어' 마음속으로 나를 다독였다. 그러다가 눈이 쏟아졌고, 그게 마치 성공의 계시처럼 느껴졌다. 그것이 착각이든 뭐든 간에 내 안에 희망의 기운이 꽉 찬 건 분명했다. 그런 마음은 어디서 왔다가 어디로 사라지는 것일까.

쏟아지는 눈 속에 가만히 있다가 할머니에게 등짝을 한 대 맞았다. 눈이 하얗게 내려앉은 채소 박스를 안고 옮겼다. 슈퍼 안으로 들이자, 시금치 위에 깔린 하얀 눈이 빠르게 녹았다.

첫눈은 폭설이었다. 원체 비와 눈이 많은 고장이었다. 봄에 벚꽃으로 풍성하던 천변 벚나무는 눈꽃으로 장관이었다. 내장산에도 설경을 보러 사람들이 찾아왔다. 등산복 차림의 외지인들이 내장산 가는 큰 도로 근처에 있는 우리 슈퍼에 와서 온장고 안의 뜨끈한 캔커피, 두유 등속을 사 갔다. 그렇게 중학교 마지막 겨울이 찾아왔다.

겨울이 되고 가장 먼저 한 일은 고등학교 대비 공부도 아니었고, 학교에서 형식적으로 내준 겨울 숙제도 아니었다. 김장철도 끝났고, 절인 배추의 세계에서 탈출한 할머니와 다시 한글 수업을 시작했다.

자음은 김장철 전에 어느 정도 뗐으니, 이제 자음과 모음이 합쳐질 때 일어나는 놀라운 일을 할머니에게 소개할 차례였다. 더디고 지루한 음운의 세계를 벗어날 수 있을 것 같아 조금 흥분되기도 했다.

한글 수업이 재개된 날, 새 연필 세 자루를 차례로 깎았다. 할머니는 싱크대 서랍에 숨겨둔 노트를 들고 왔다.

"이놈의 대그빡에 몇 글자나 남아 있을랑가 모르겠다."

할머니에게 용기가 필요했다. 할머니가 가장 먼저 익히고, '곰표' 글자에서 스스로 찾아내기도 했던 'ㄱ'자를 노트에 크게 적었다.

"이건 뭘까요?"

그러니까 그건 몸풀기였다. 퀴즈라기보다는 '자 준비됐죠?' 하고 묻는 말이나 다름없었다. 할머니가 '기역'이라고 말하면, 나는 그 답을 '공부할 준비 됐슈'로 알아들을 터였다.

"……."

할머니는 답이 없었다.

"할머니?"

내가 'ㄱ'에 크게 동그라미를 그리며 다시 물었다.

"……."

질문을 바꾸었다.

"할머니, 이게 몇번째 글자죠?"

기억이라는 이름을 깜박할 때마다 할머니는 이름 대신 이렇게 말하곤 했다.

'첨으루 나오는 놈. 첫번째 것.'

하지만 할머니는 그것조차 답하지 못했다. 일 년도 아니고 겨우 두 달이었다. 내가 다른 자음을 쓰려고 연필을 잡자 할머니가 손을 흔들어 바람을 만들었다.

"오메, 쪄죽겄다. 베란다 문이라도 열어봐라."

그날은 눈이 가장 많이 쌓인 날이었다. 베란다 문을 열자 난간에 쌓였던 눈이 내 얼굴로 날아왔다. 눈을 감았다 다시 떴다. 눈에 파묻힌 단지 풍경이 눈에 들어왔다. 새끼손톱만한 눈들이 하늘에서 쏟아지는 중이었다. 세상의 모든 것을 덮을 기세였다.

"징글징글허다, 아조."

슈퍼 앞 눈을 치우고 돌아온 할머니는 현관에 서서 장갑을 벗었다. 징글징글한 벌레라도 떼어내려는 것처럼 몸에 붙은 눈을 장갑으로 세게 쳐냈다. 신발과 몸에서 녹아 떨어진 눈으로 좁은 현관 타일이 축축했다.

징글징글한 눈이 도시를 며칠째 점령중이었다. 아홉시 뉴스에서는 강원도에 밀려 우리 고장의 강설량이 자막 처리에 그쳤지만, 전북권 뉴스에서는 단연 주인공이었다.

사람들이 밟지 않은 눈 위에 다음날의 눈이 쌓이고, 또 쌓여서 어린아이 하나가 그대로 파묻힐 높이였다. 폭설은 우리 필성슈퍼에 호재였다. 할머니 말마따나 바깥은 개미 새끼 한 마리도 보이지 않았다. 사람들은 바깥 대신 집안에서 겨울을 보냈다. 걸어서 십오 분 거리에 있는 엉터리마트는 눈 때문에 아주 먼 곳이 되어버렸다. 슈퍼에는 오랜만에 얼굴을 비치는 손님들이 늘었다. 엄마는 아무것도 모른다는 듯 어떻게 이렇게 오랜만이냐, 집에 무슨 일이라도 있었냐고 속 좋게 물어보곤 했다.

"오랜만에 봤는데 그냥 못 보내지."

엄마는 콩나물 오백 원어치를 산 검은 비닐 속에 두부 한 모를 묻지도 않고 넣어주거나, 삼천 원어치 같은 천 원어치 시금치를 담아주었다. 조금 더 친한 아주머니에게는 비싼 참기름 한 병을 넣어주기도 했다. 아주머니들은 얼마를 판다고 이런 걸 넣어주느냐고 손사래를 쳤다. 엄마는 그럴 때마다 아빠나 다른 손님이 알면 큰일이라도 날 것처럼 주변을 살피며 아무 말 말라는 눈짓을 했다.

배달 봉지에다가도 그 집에서 시키지 않은 걸 서비스로 넣었다. 잘린 동태 한 마리와 무를 시킨 집에는 바지락 한 바가지를, 맥주와 황태포를 시킨 집에는 새우깡 한 봉지를 넣어주는 식이었다.

"배보다 배꼽이 크겠다."

아빠는 들릴 듯 말 듯 지나가는 말로 이렇게 말하긴 했지만, 타박하는 소리는 아니었다. 그래도 엄마는 손님들에게 서비스를 넣어주며 아빠의 눈치를 보는 척하는 것을 잊지 않았다.

우리는 매일 두부 한 모를 손목에 걸거나, 쌀 십 킬로그램짜리를 가슴팍에 안고 배달하러 가야 했다.

아침에 눈을 치우고 돌아온 할머니가 우리를 깨웠다. 슈퍼에 나가보라는 잔소리였다. 할머니는 은세 언니가 덮은 이불을 걷어버렸다. 그래도 일어나지 않자 옷에 묻은 눈을 터느라 물기로 축축해진 장갑으로 언니의 얼굴을 마구 쳐댔다.

"밥값을 혀야지, 밥값을"

언니가 짜증을 부리며 대들었다. 울기 직전이었다.

"왜 우리가 아침부터 가서 일해야 하는데!"

할머니가 목소리를 높였다.

"부모가 점빵서 쎄가 빠지는디, 새끼들이 돼갖고 카만히 구경만 허고 있어?"

"내 친구 아빠는 시청 다니는데, 걔도 그럼 시청 가서 일해야겠네?"

"한마디를 안 져. 저 싸납쟁이."

할머니는 갑자기 가라앉은 목소리로 말했다.

"너그 아부지도 부모 잘 만났으믄, 이런 육지서만 태어났시도 시청이 대수냐."

아빠의 유난히 총명했던 어린시절을 회상하며 회한 가득한 표정을 지었다.

"아들놈 하나 낳았으면 지 닮아서 똑똑할 텐디."

"나 아빠 닮아서 예쁘잖아, 얼굴."

소 눈처럼 커다란 눈과 하얀 피부 덕에 언니는 어릴 적부터 예쁘다는 소리를 들었다.

'어머, 너는 탤런트 하면 되겠다, 애' 외지에서 온 손님이 언니를 보더니 대뜸 이런 말을 한 적도 있었다. 가족들에게 배우의 꿈을 아직 밝히지 않은 이유 중 하나도 이거였다. 분명 이런 소리가 들어올 게 뻔했다.

'배우는 은세가 해야지.'

"얼굴 뜯어먹고 사냐. 이쁜 거 하나 소용없어. 은세 너는 사람이 먼저 돼야 혀."

할머니는 언니를 한번 흘겨보더니 계속 말을 이었다.

"면장도 했을 인물인디."

애달픈 할머니의 이야기는 항상 노인정 이야기로 끝을 맺었다.

"슈퍼 열심히 해갖고, 위도에 노인정 하나 짓는다고. 어쩌면 그르케도 생각이 짚은지. 니 아부지가 어디 실떡벌떡 빈

말허는 사람이더냐. 함부로 그런 말허는 사람이 아니란 말여.
애기 때부텀."

"또 그 면장 아저씨 출현해야지."

언니가 삐죽대며 속닥거렸다.

아빠 또래 중 출세했다는 면장 아저씨는 이런 이야기에서
빠진 적이 없었다.

"면장이면 뭣한대? 그 사람이 노인정 하나 지어준 줄 아냐?"

면장이 되었다는 아저씨는 어릴 때 두 살이나 어린 아빠에
게 산수를 배웠다고 했다.

할머니는 판소리 사설 조로 한마디하고는 회한에 젖어 눈
물까지 글썽였다.

"못 배운 부모 밑에서 영리한들 소용 있으랴."

그리고 다시 매섭게 우리를 노려봤다.

"배달 하나 하고 와서 끙짜놓을 것들은 밥을 처먹지 말어라."

배달 한 건당 오백 원을 받아 돈을 모으려던 계획은 입 밖
으로 꺼내지도 못했다. 초저녁이 지나고 우리는 겨우 슈퍼에
서 풀려나 집으로 돌아왔다.

"내가 글자라도 잘 알믄 하루 종일 점빵을 봐줄 것인디."

손톱깎이를 찾으러 할머니 방에 들어갔을 때 할머니가 말
했다.

'우리의 한글 공부는 이대로 끝인가요, 선상님?'

마치 그렇게 말하는 것만 같았다. 며칠 전 할머니의 머리가 백지장처럼 하얗게 되어버렸을 때, 그러니까 그동안 배운 음운을 단 하나도 기억하지 못했을 때 나는 의지를 상실하고 말았다. 할머니도 며칠 공부하자는 소리를 하지 않았다. 그러다가 다시 공부할 의사를 내비친 것이다.

머릿속에서 계산기가 돌아갔다. 한참 모자란 학원비를 마련하려면 적어도 일 년은 넘게 한글 수업을 해야 했다. 고등학생은 입시 체제로 들어가기 때문에 첫 달 등록비가 무려 이십오만 원이었다. 언니 입시 미술 학원비의 두 배였다. 다행히 두번째 달부터는 십오만 원이라고 했다. 첫 달은 프로필 사진을 찍고, 각종 테스트를 받는 비용이 추가된 것이었다. 높은 가격에 말을 잇지 못하자, 학원 상담 선생님이 덧붙였다.

"서울 여의도에는 한 달에 오십만 원인 학원도 있어요. 그나마 지방이라 이 가격인 거야."

그 말을 들으니 내가 지방에 사는 게 다행이라는 생각마저 들었다. 오십만 원이라니. 정신이 아찔해졌다.

애초에 저축해 둔 팔만 육천 원에 할머니가 한 달에 만 원씩 낸 수업료 사만 원이 합쳐져 총 십이만 육천 원이었다. 겨울방학까지 꾸준히 수업하고 용돈 등을 합치면 겨우 첫 달 등록은 가능했다. 그 다음달 학원비는 생각할 여력이 없다. 일단 시작하는 것이 중요했다.

"할머니 공부 계속할 거죠?"

할머니는 대답 대신 지갑을 열었다.

"더 잘 갈쳐라잉."

할머니는 원래 주던 만 원을 내밀더니, 치마 속주머니에서 오천 원을 더 꺼냈다.

"인자 고등학생 선생님잉게! 옛날에는 고등학교 나오믄 면장도 했시야."

사랑스러운 나의 학생을 꼭 껴안아주고 싶었다.

"고등학생이라도 지난번처럼 일주일에 세 번은 갈쳐라잉. 만 오천 원이믄 짜장면이 여섯 그릇이고, 그 뭐시냐 통닭은 두 마리 사고도 남잖냐. 트럭서 파는 통닭은 세 마리나 살 돈이고. 아무튼 지간에 작은 돈 아니다잉. 더 잘 가리쳐, 응?"

걱정하지 말라고 말하며 할머니를 껴안았다. 할머니가 웬 호들갑이냐는 표정으로 나를 바라보았다. 할머니가 잘라서 접어둔 종이 달력 조각 한 장을 꺼내 할머니 방으로 들어갔다. 수업 방식을 바꾸기로 했다.

'이름 석 자도 모르는 빙신.'

요새 할머니의 푸념은 늘 이 말로 시작되었다. 할머니에게 이름 석 자를 먼저 읽고 쓰게 하는 것부터 진행하기로 했다. 막내 은율이도 자기 이름은 쓸 줄 알았다. 누구도 자음과 모음을 순서대로 가르쳐준 적이 없었다. 어느 날부터 하나의 그림처럼 자기 이름을 구분하기 시작했다. 그리고 얼마 안 가서 자기 이름을 썼다. 학습지 이모 말로는 유치원생들이 신발장, 스케치북, 유치원 사물함에 적힌 자신의 이름을 이미지로 기억하면서 자기 이름은 읽고 쓰게 된다고 했다.

"할머니, 이게 할머니 이름이에요."

종이에 쓴 이름과 다른 곳에 적힌 이름이 똑같다는 것을 보여주고 싶었다.

"주민등록증 어디 있어요?"

할머니는 우주복을 입은 아이가 그려진 철제 상자를 열었다. 그 안에 작은 동전 지갑 지퍼를 열어 주민등록증을 꺼냈다.

"아무리 서운하다고, 이름을 그렇게 서운하게 지을 일이냐."

할머니는 자기 이름을 누군가에게 말해야 할 때마다 얼굴을 붉혔다. 그러다가도 가끔 우리에게 이름에 얽힌 이야기를 들려주곤 했다. 아들이 아니어서 아버지가 서운하다고 서운이라고 했다는 거였다.

"할머니, 아닌데요?"

"뭐시?"

"할머니 이름."

할머니의 주민등록증을 본 건 처음이었다. 나도 여태 황서운으로 알고 있었다. 할머니가 받아온 새신자 등록 카드에 황서운이라고 써준 것도 나였다. 그런데 주민등록증에는 황서운이 아닌 황서은이었다.

"할머니 황서운이 아니라 황서은이에요, 은."

"참말?"

할머니에게 주민등록증을 보여주며 다시 말했다.

"서운하다 할 때 서운이 아니라, 서은이라고 서은."

내가 종이에 크게 '황서은'이라고 다시 썼다.

"서운허다는 것이 아니믄, 뭔 뜻인디야?"

손바닥만한 옥편을 뒤적여 이름의 뜻을 찾았다.

"상서로울 서, 은혜 은."

"긍게, 이게 뭔 뜻으로다가 지은 것이냐고?"

할머니가 알아듣기 쉽게 내 식대로 그냥 풀어서 설명했다.

"아주 특별한 복을 받는 아이."

"오메, 시상에……."

할머니는 한동안 말을 잇지 못했다.

"그게 참말로 내 이름이라고야?"

할머니는 아주 오래 종이에 적힌 이름을 손가락으로 쓰다 듬었다.

"시상에, 공연히 원망했시야."

할머니는 며칠 그 이름을 뚫어지게 보더니, 숙제 노트에 이름을 적기 시작했다.

"할머니 교회에 전화해서 이름 다시 써달라고 할까요?"

할머니의 이름이 최근 공식적으로 쓰인 곳은 새로 등록한 교회뿐이었다.

"우선 놔둬봐라."

"왜, 당장 바꿔야지. 황서은이 훨씬 좋잖아요."

"그렇기는 헌데 마음이 이상스럽다. 바꿀라고 헝게 뭐신가 쫌 서운해야."

할머니는 그 세련된 이름을 감격스러워하면서도 망설였다.

"서운이가 나 같애야. 희한해야."

할머니는 이름을 바꾸는 일이 마치 자신을 어딘가에 버리는 것처럼 느끼는 것인지도 몰랐다. 이름이 어떤 질감을 가지고 있는 것 같았고, 황서은 세 글자에 '푸후후'하고 따뜻한 김이 뿜어져 나오는 것 같았다.

날이 따뜻해지자 동네에 가득 쌓인 눈이 녹기 시작했다. 배달을 한번 다녀오면 비가 쏟아지는 날처럼 신발이 축축해졌다. 아무리 조심해도 신발 앞코가 물에 젖는 건 막을 길이 없었다. 도시의 모든 곳에서 눈 녹은 물이 시냇물처럼 흘렀다.

2월이 시작되자마자 우리 필성슈퍼는 이른 봄맞이 청소를 했다. 가을부터 숨가쁘게 달려온 탓에 슈퍼 구석구석이 말끔하지 못했다. 그중 압권은 말라비틀어진 배추가 말도 안 되는 장소에서 출몰한 일이었다. 슈퍼 가장 안쪽 구석 잡화 코너에서 양치용 플라스틱 컵을 잡은 손님이 컵 한쪽에 들러붙은 배춧잎 조각을 엄마에게 보여주었다.

"배추가 왜 거기까지 굴러갔을까?"

엄마는 마치 배추가 스스로 거기까지 간 것마냥 말했다. 결국 제대로 된 해명은 못 하고 '희한하네' 이 말만 반복했다. 봄맞이 대청소가 앞당겨진 건 이 때문이었다. 이 일이 있고 그 다음 날 바로 대청소가 시작되었다.

"점빵 드러우면 아무래도 깔본다, 사람들이. 나부텀도 그려."

할머니는 빗자루를 들고 슈퍼 뒷마당으로 나갔다. 엄마는 슈퍼 앞 채소 진열대와 바닥을 정리했다. 우리에게 맡겨진 임무는 유통기한이 지난 물건을 빼내는 것이었다. 동시에 걸레로 물건과 선반의 먼지를 닦아야 했다. 오늘 대리점에서 물건을 내려놓으러 오는 상품들 먼저 유통기한을 확인하기로 했다.

아빠는 은행나무가 걸고 있던 목걸이의 끈을 잘랐다.

'배추 한 포기라도 절여드립니다.'

치열했던 한 시절이 싹둑 잘려나가는 것만 같았다. 엉터리 마트의 출현으로 흔들린 슈퍼를 겨우 버티게 해준 배추였다. 물론 예전의 매출은 돌아오지 않았지만 말이다. 고모처럼 건물주가 되겠다는 꿈을 엄마와 아빠는 깨끗하게 접었다.

은세 언니는 엄마의 명을 받아 과자 박스 하나를 잘라 광고판을 만들었다. '두부 한 모라도 배달' 은행나무의 목에 다시 걸릴 문구였다. 언니는 글씨 주변에 두부, 파, 과자 봉지 따위를 그려넣었다. 우리는 손도 못 대게 하는 전문가용 파스텔과 물감을 챙겨와 제법 공을 들였다. 나는 의자에 올라가 먼지 쌓인 통조림 캔을 닦았다.

할머니가 의자 옆에 서더니, 팔꿈치로 내 허벅지를 꾹 눌렀다. 그리고 내게 보란듯 들고 온 과자 봉투 상단을 손가락으로 가리켰다. '서은제과' 사장 아저씨가 직접 가게를 돌며 물건을 납품하는 지역 영세 업체였다. 업체명이 '서은제과'였다. 할머니는 보물이라도 발견한 것처럼 빛나는 눈으로 내게 보여주었고, 나는 웃으며 엄지를 세워보였다.

슈퍼 일 돕는 걸 마치고 집에 들어갔을 때 할머니는 나를 은밀히 불렀다.

"희한해야. 딱 보인다, 인자. 황 자도 보이고, 서 자, 은 자다 보여야."

막내 은율처럼 할머니도 슈퍼 안의 그 수많은 글자 속에서 자신의 이름을 구별해낼 수 있게 된 모양이었다. 때가 되었다고 생각했다.

나는 할머니에게 달력을 자른 종잇조각 하나를 건넸다. 오늘은 이것 하나로도 충분히 의미 있는 수업이 될 것이다.

"자, 할머니 여기가 동사무소라고 생각하고요."

목소리를 바꾸어 말하며 종이와 연필을 할머니에게 건넸다.

"본인 이름을 여기에 써주시겠어요?"

갑작스러운 상황극에 할머니가 긴장했다.

"오메, 죽겄네."

하지만 곧 손끝에 힘을 주고 또박또박 자신의 이름을 백지에 써냈다. 그뿐만 아니었다.

"황. 서. 은."

할머니는 연필 뒤 꼭지로 자신의 이름을 짚어가며 소리 내 읽기까지 했다. 나는 손뼉을 치고 크게 외쳤다.

"할머니! 백 점!"

오늘 수업 끝, 완전 끝. 이 말과도 같았다. 뿌듯한 마음을 안고 자리에서 일어났다. 이로써 오늘 할 수 있는 최선을 다했다. 하지만 문고리를 잡기도 전에 할머니가 나를 붙잡았다.

"은동아."

옆방에 들릴까 염려되는지 낮은 목소리였다. 대뜸 백지 한 장을 내밀었다.

"니 아버지 이름 한번 써봐라."

할머니는 그날부터 아빠 이름을 쓰고 또 썼다. 1월 달력을 조각내지 않고, 그 커다란 뒷면 여백을 장남 이름으로 채웠다.

할머니가 장남의 이름을 가득 채우다 드디어 선명하게 그 이름을 구분하기 시작했을 때, 정읍여고 신입생 오리엔테이션이 시작되었다.

강당 유리문에 달력보다 큰 전지가 여러 장 붙었고, 그곳에 이름과 반이 적혀 있었다. 일찍 도착한 아이들이 그 앞에 모여 자기 이름을 더듬어 찾았다. 겨우 비집고 문 앞에 섰다.

특별반인 1반 명단에 내 이름은 없었다. 중학교에서 전교 40등 정도였으니 특별반에 들어갈 가능성은 애초에 희박하긴 했다. 1반 외에 나머지 아이들은 7개 반으로 골고루 배정되었다.

강당 바닥에는 의자가 깔려 있었고, 바닥에 반이 적힌 종이가 쭉 늘어져 있었다. 나는 30명의 우등생 집단에 진입하지 못하고 그 나머지 아이들로 분류되어 250여 개의 새카만 머리 중 하나로 그 공간을 채웠다. 그런데 묘했다. 그동안 내가 최상위권이 아니어서 기분 나쁜 적은 별로 없었다. 하지만 이런 식으로 특별하지 못한 아이들로 구분되어 앉아 있는 시간이 견디기 힘들었다.

단상에 올라간 1학년 부장이라는 선생님은 중학교와 고등학교의 차이를 설명했다. 야간 자율 학습과 보충수업 그리고 토요일 자율 학습의 중요성도 강조했다. 그런 뒤에 알 수 없는 대학 입시 이야기까지 했는데 단 한마디도 귀에 들어오지 않았다. 그다음 차례로 학생부, 동창회 담당 교사 등이 나와 이런저런 안내를 했다.

마지막 학교 홍보 영상까지 다 본 뒤에 선생님의 지시에 따라 미리 의자 오른쪽 바닥에 준비되어 있던 교과서를 가방에 넣었다. 가방에 새 교과서가 다 들어가지 않아서 몇 권은 안아야 했다.

"1반은 따로 전달 사항이 있습니다. 나머지 반들은 돌아갑니다. 자, 먼저 2반 일어나."

1반 아이들은 이미 알고 있던 모양인지 동요하지 않고, 새 교과서를 잡지 보듯 넘겨보며 우리가 나가는 시간을 기다렸다. 2반 다음 3반, 차례대로 강당 밖을 나갔다. 7반 차례가 되어 왼쪽에 앉았던 아이들이 다 빠져나갔을 때 비로소 1반의 맨 앞자리에 앉은 석희가 보였다. 석희도 눈으로 나를 찾은 모양이었다. 나를 발견하자마자 반갑게 손을 흔들었다.

석희와 늘 함께 걷던 거리를 혼자 걸었다. 석희와 수다를 떨며 걷다 멈췄던 엉터리마트 앞까지 왔다. 예상치 못한 감정에 스스로 좀 어리둥절한 상태였다. 엉터리마트 앞 공중전화를 바라보았다. 학교가 내 세계의 전부였다면, 나는 스스로를 초라하게 여겼을 것이다. 하지만 다른 세계가 있다는 사실이 안도감을 주었다.

무거운 교과서를 꽉 껴안은 채로 엉터리마트를 바라보았

다. 엉터리마트는 개업 초반의 깨끗함이 사라지고 좀 꼬질꼬질해진 것 같았다. 엉터리마트의 상아색 조립식 외벽에 뻘건 녹물이 흘렀다. 제 코에 흐르는 콧물도 스스로 닦지 못하는 아이처럼 서서 찬바람만 맞고 있었다.

"몇 반 됐냐?"

집에 있던 언니는 미술 학원에 가기 위해 집을 나서며 내게 물었다. 괜히 심통 맞게 대답했다.

"뭔 상관?"

"공부 잘한다고 잘난 척하더니. 나랑 다를 게 없네?"

언니가 그렇게 말하자 얼굴이 화끈거렸다. 그나마 언니보다 내세울 건 공부뿐이었다.

언니와 함께 깡그리 보통반으로 묶여버리고 말았다. 비참한 기분을 넘어 고유한 '나'가 사라지는 공포감마저 들었다.

모아둔 돈을 꺼냈다. 고민 끝에 만 원을 꺼내 주머니에 넣었다. '만 원짜리 헐어야겠네' 할머니는 일이천 원짜리를 사려고 만 원을 써야 할 때 꼭 그렇게 말했다. '돈을 헌다'는 표현을 실감했다. 견고하게 짓던 집 한 모퉁이를 부수는 기분으로 모아둔 돈에서 만 원을 꺼내어 배영서적으로 달려갔다. 좁은 책꽂이 하나가 전부인 문화 예술 칸에 갔다. 몇 권 안 되는 책 중 『배우 되기』라는 책이 눈에 띄었다. 그걸 들고 카운터로 갔다. 사장님이 의아한 눈빛으로 나를 바라보았다.

"책도 다 주인이 있어. 이걸 사가는 사람이 있네. 연기 공부 하나봐? 예고 다녀?"

"예고는 아니고요."

"그래, 열심히 해. 개성파 배우가 되겠어."

개성파 배우라. 칭찬인지 뭔지 모호한 한마디를 듣고 꾸벅 인사를 하며 배영서적을 나왔다.

2부 _____

꿈의
기능

입학 후 둘째 주부터 동아리 가입 광고문으로 복도 벽이 알록달록했다. 아침 일찍, 혹은 쉬는 시간에 쉴 새 없이 선배들이 1학년 교실과 복도를 오갔다. 방송반, 과학 실험반, 교육 봉사반, 만화반 등 가입을 받는 동아리는 다양했다.

'유상렬 선생님과 함께 하는 연극반!'

연극반의 설명은 단 한 줄이었다. 연극에 대한 언급이 없는 것이 의아했다. 그런데도 연극반이라는 세 음절은 강력했다. 다른 동아리가 눈에 들어올 리 없었다. 배우 아카데미에 문을 두드리기에 강습비가 아직 한참 부족했다. 겨울에 구입한 『배우 되기』 책을 부적처럼 가지고 다녔다. 연극반도 연기를 잊지 않게 해주는 것 중 하나가 될 수 있을 것이다.

연극반 지도 교사가 유상렬 선생님이란 점이 좀 걸렸다.

3월 첫날 교실에 들어온 유상렬 선생님은 국어 수업 대신 한 시간 내내 특별반 제도가 얼마나 비교육적인 행태인지를 힘주어 말했다.

"고등학생이라는 녀석들이 문제의식이 없어?"

선생님은 아주 오래전, 고등학생이 독립운동도 하고 민주화 운동을 위해 목숨을 바친 이야기를 했다. 그러나 선생님이 뜨겁게 말할수록 내 가슴은 서늘해졌다. 유상렬 선생님의 수업 시간은 묘하게 불편했다.

동아리 모집 마감날, 저녁 급식을 먹고 연극반 문을 열었다. 다행히 유상렬 선생님은 없었다. 선배 둘이 탁구대에서 탁구를 하다가 나를 보더니 격하게 반겼다. 열이 올라 발개진 얼굴을 한 언니가 탁구채를 내려놓고 우렁차게 외쳤다.

"후배님, 어서 오세요. 여기 탁구반 아니니까 걱정하지 말고. 연극반 맞아요."

나는 어색하게 웃고 언니가 안내한 의자에 앉았다. 연극반은 오늘 저녁 여섯시 삼십분까지 선착순 가입이라고 했다. 그러나 신입 회원으로 보이는 사람은 아무도 없었다.

"첫 지원자 후배님. 모두 박수."

언니가 그렇게 말하자 2학년 언니들이 같이 손뼉을 쳤다. 넉살 좋은 선배 언니의 이름은 선우정이었고, 동아리 대표였다. 순간 잘못 찾아온 것 같은 불길한 예감이 들었다. 1학년이

나 혼자면 어쩌나 하는 걱정이 스멀스멀 올라왔다. 그때 조심스럽게 연극반의 문이 열렸다.

"안녕하세요."

석희였다. 특별반이 되어 영 다른 세계 사람이 되어버린 것 같던 석희 말이다.

교실로 돌아가는 길에 석희에게 물었다.

"너, 연극에 관심 있었어?"

석희는 아무 말 없이 빙긋 웃었다.

"나중에."

"응?"

"나중에 말해줄게."

그 말만 하고 끝이었다. 석희는 가끔 끝까지 말하지 않았다. 그럴 때마다 거리감이 느껴졌고, 서운했다. 석희랑 베프구나. 누군가에게 이런 말을 들었을 때 내가 늘 머쓱한 이유였다.

문제는 그 뒤부터였다. 연극이 없는 연극반이었다. 첫날은 오리엔테이션이니 그럴 수 있다고 생각했다. 그러나 그 뒤로도 연극의 '연' 자도 나오지 않았다. 토론반이라는 이름이 더 어울렸다. 동아리 시간 내내 연극이 아닌 다양한 사회문제에 대한 이야기로 채워졌다. 선생님이 나누어주시는 일본 대중문화 개방, 남녀평등, 영어 조기교육, 유통시장 개방 등에 대한 자료를 읽은 뒤 찬반 토론을 해야 했다. 선배들 모두 눈을 반짝이며 유상렬 선생님을 바라보았다. 거기에 대고 뭔가 이상하다는 말은 할 수 없었다.

한 달이 지나고 동아리 시간에 소풍을 가기로 했다. 토의, 토론보다는 백번 나았다. 4월 둘째 주 금요일 6교시였다. 아이들이 동아리 교실을 찾아가느라 떠들썩했던 학교는 수업종 소리와 함께 일제히 조용해졌다. 우리는 그 고요한 학교를 뒤로하고 정문을 향해 걸었다. 햇살이 부서져내리고 있었다. 이래도 되나, 하는 오묘한 떨림이 발목에서부터 출렁였다. 정식으로 지도 선생님과 함께 가는 길인데도 도망치는 것처럼 가슴이 뛰었다.

교문 밖을 나서자 산뜻한 바람이 불어왔다. 교문에서 도로로 나가는 짧은 길 양쪽에 띄엄띄엄 늘어선 어린 벚꽃나무에서 꽃잎이 포로롱 떨어졌다. 어떤 것들은 오래 공중을 떠다녔다. 십오 분을 걸으면 천변이었다. 봄이면 하얗게 부푼 벚꽃 터널이 있는 천변. 고등학생이 되고 낮에 천변을 걸어본 일이 없었다. 날이 따뜻해서 걸은 지 오 분 만에 이마에 땀이 맺혔다. 아이들이 하나둘 교복 카디건을 벗어 허리에 묶어 맸다. 천변에 가까워질수록 가슴이 뛰었다.

"와."

천변에 도착하자 우리들 입에서 저절로 함성이 터져나왔

다. 천변은 벚꽃 축제가 시작되어 만개한 벚꽃으로 가득했다.

"선생님, 저희 둘 찍어주세요."

석희가 벚꽃 나무 앞에서 내 팔을 잡아당겼다.

"웃어요. 후배님들!"

선우정 언니는 사진기를 들고 쪼그려 앉은 유상렬 선생님 뒤에서 우리를 향해 우스꽝스러운 포즈를 취했다. 옆으로 서서 엉덩이를 쭉 빼고 입을 벌린 채로, 그 입속에 주먹을 넣었다. 너무 과감한 표정에 2학년 언니들은 크게 웃었지만 우리는 놀란 나머지 고개를 푹 숙이며 웃고 말았다.

"선우정, 방해 말고 저리로 가, 쫌!"

선생님이 선우정 언니를 때리는 시늉을 하자, 언니도 과장되게 놀란 척을 하며 비켜섰다. 하지만 선생님이 '하나, 둘, 셋'을 말하는 사이 다시 선생님 뒤로 왔다. 그리고 선생님의 정수리 위에서 주먹을 휘두르며 때리는 시늉을 했다. 우리는 그걸 보고 웃음이 터져나왔다. 선생님은 아는지 모르는지 우리가 웃자 '좋아!'하고 셔터를 눌렀다.

그리고 그 순간, 마치 누군가 일부러 타이밍을 맞춘 것처럼 바람이 좀 세게 불었고, 벚꽃이 비처럼 흩날렸다. 바닥에 떨어졌던 꽃들마저 바람을 타고 공중에서 휘돌았다. 우리는 사치스러울 정도로 풍성하고 아름다운 꽃잎 속에서 와, 하고 함성을 질렀다. 이내 눈을 크게 뜨고 손바닥을 편 채로 떨어지는 꽃잎을 잡겠다고 깔깔대며 이리저리 뛰어다녔다.

나는 이마 앞에서 빙빙 돌던 꽃잎 하나를 낚아채고, 혹시 날아갈까봐 확인도 못 하고 주먹을 꽉 쥐었다. 나의 소원은 단 하나였다.

'특별하게 살고 싶어.'

너무 힘을 주어서인지 손바닥에 손톱이 날카롭게 눌려 아팠다.

"선생님, 축제의 진짜 즐거움은 바로 저기 아니겠습니까?"

선우정 언니는 넉살 좋게 선생님의 팔짱을 끼고 한 손으로는 천변 아래 늘어선 천막을 가리켰다. '벚꽃 축제 야시장'이라고 불렸지만, 한낮부터 흥성거렸다. 붕어빵, 번데기, 핫도그 같은 가벼운 간식부터 도토리묵무침, 홍어회까지 음식을 파는 천막들로 가득했다. 다트 화살로 풍선을 맞추는 게임이나, 총을 쏴서 인형을 맞춰 떨어뜨리는 곳도 있었다.

초등학생 때 고모의 초대로 주말 저녁 이곳에 온 적이 있다. 섬에 살던 우리 가족은 행여 길을 잃을까, 손을 꼭 잡고 고모 뒤를 졸졸 따라다녔다. 그때는 조명을 받아 하얗게 빛나는 벚꽃보다 벚꽃 터널 길 아래 화려한 조명을 단 가게들을 구경하는 게 더 재밌었다. 그리고 그 가게 중 한 곳에 석희가 있었다.

그때 천막을 고정한 철 기둥을 붙잡고 서서 신발 앞코로 땅을 하염없이 파던 아이. 나는 중학교에서 석희를 보고 단박에 그 아이라는 걸 알아차렸다. 이국적인 얼굴과 미간 사이의 점이 연해졌지만 그대로였다. 생각해보면 이름표가 있던 것도 아니고 어떻게 석희를 보자마자 알아차렸는지 신기하긴 했다.

아직 석희에게 그날 이야기를 한 적이 없다. '너 때문에 나 미아가 됐었잖아' 이렇게 말하면 석희는 어떤 표정을 지을까. 괜히 피식 웃음이 나왔다.

그날 석희에게 시선을 빼앗긴 뒤 정신을 차렸을 때는 열명이 넘는 가족 중 누구도 보이지 않았다. 그 자리에 한 발짝도 움직이지 못하고 고개만 이리저리 돌리며 가족을 찾았다. 한참 뒤 도로 쪽으로 올라와 아빠의 트럭을 찾았다. 좌석이 모자라 짐칸에 타고도 사촌들과 신이나 노래까지 부르며 진입했던 벚꽃 길 초입에도 파란 트럭은 보이지 않았다. 벚꽃 길 인도의 인파 속에서 기억을 더듬으며 고모네 집을 향할 때, 저 멀리서 트럭 불빛이 보였다. 트럭에는 운전석에 앉은 아빠 외에 아무도 없었다. 가족들은 이미 고모 집에 도착한 후였다. 그러니까 고모 집에 도착하고 한참 있다가 내가 없다는 걸 알게 된 거였다. 나는 낯선 인파 속에서 혼자가 된 순간보다, 내가 없는 줄도 모르고 집으로 가족들이 돌아갔다는 사실이 더 무서웠다. 이후로 어른들은 가끔 그날 일을 회상하며 웃었지만, 나는 몸서리가 쳐졌다.

　나는 앞서가는 석희의 뒤통수를 아련하게 바라보았다. 그때, 석희 앞에서 걸어가는 한 사람이 보였다. 대파, 양파 같은 것들을 가득 넣은 파란 봉투를 어깨에 메고 잰걸음으로 걷는 아빠였다. 작은 키의 아빠는 사람들 사이에서 더 작아 보였다. 땀에 절은 티셔츠는 바지 위에서 더 올라가 허리가 그대로 보였다. 바지는 내려가서 엉덩이 골이 보일락 말락 했다. 오른손은 어깨에 얹은 파란 봉투를 떨어지지 않게 잡고 있었고, 왼손에는 파란 봉투보다는 작은 검은 봉투가 들려 있었다. 빠른 걸음이었지만 뒤뚱거려서 금방이라도 옆으로 넘어질 것처럼 불안정했다. 속으로 '아빠'하고 외쳤지만, 차마 아이들을 헤치고 달려갈 수 없었다.

　아빠는 물건을 내려놓을 가게를 찾는 모양이었다. 양쪽으로 길게 늘어선 곳 중 하나에서 멈춰서 길을 물었다. 그러는 사이 나와 아빠 사이 거리는 좁혀졌다. 나도 모르게 천천히 걸었고 뒤에 있던 우지혜 언니가 나를 앞질러갔다. 길을 물어본 아빠는 이내 아까보다 더 빠르게 걸었다.

　요란한 뽕짝 소리가 들렸다. 원래 속도보다 몇배속 빠르게 재생되는 바람에 음악도 가수의 목소리도 우스꽝스러웠다. 그리고 그 음악에 맞춰 찰지게 두드려대는 장구 소리에 귀가 아팠다. 바로 그 춤추는 장구 앞에서 아빠가 섰고, 장구 소리도 멈췄다.

"오우, 작년에 왔던 각설이!"

선우정 언니가 장구 연주를 멈춘 각설이 분장 아저씨를 멀리서 보고 신이 나서 장난스럽게 말했다. 가슴이 쿵, 하고 내려앉았다. 내 시선은 자연스럽게 석희의 뒤통수로 향했다. 석희는 지금 어떤 표정을 짓고 있을까.

아빠는 각설이 아저씨에게 만 원짜리 몇 장을 받고, 주머니에 미리 준비한 거스름돈을 넘겼다. 그리고 천막 뒤쪽으로 가더니 돌로 만들어진 계단을 뛰듯이 올라 금세 벚나무가 있는 위쪽 도로로 올라가버렸다.

각설이 아저씨는 맨몸에 걸친 여자 저고리 아래를 잡아 한 번 쓱 내리더니 음악에 맞춰 다시 장구채를 신나게 두들겼다. 재작년부터 올해까지 여기저기에서 흘러나오는 김혜연의 노래 '간 큰 남자'였다. 빠른 재생 때문에 가수가 여자인지 남자인지조차 구분하기 힘들었다. 마치 음성변조를 한 범죄자가 신나게 부르는 노래 같았다.

'향수 뿌리고 외출하는, 아내의 뒷모습을 미심쩍게!'

"미심쩍게!"

선우정 언니는 그곳을 향해 빠르게 걸으며 넉살 좋게 추임새를 넣었다. 얼굴에 괴상한 화장을 하고, 머리까지 양 갈래로 묶고 장구를 두드리는 각설이 아저씨를 보며, 아까 짐을 잔뜩 들고 엉덩이 골을 보이며 걸었던 아빠기 차라리 고마웠다.

석희의 발걸음이 눈에 띄게 빨라졌다. 알지, 알아 네 마음. 아마 자연스럽게 저곳을 스쳐지나겠지. 나는 당연히 모르는 척을 할 것이고.

그런데 선우정 언니가 각설이 앞에 서고 말았다. 그 앞의 엿을 가리키며 뭐라고 말하는 게 보였다. 각설이 아저씨가 고개를 끄덕였고, 선우정 언니가 엿 하나를 입에 물고는 꾸벅 인사를 했다. 눈을 질끈 감고 싶었다.

"선우정, 진짜 못 말려."

우지혜 언니가 웃으며 말했다.

돈을 잃어버렸다고 하고 길을 되돌아가자고 석희에게 말해볼까. 번뜩 그런 생각이 들어 석희를 향해 잰걸음을 옮겼다. 하지만 석희는 이미 각설이 코앞까지 갔다.

노래와 장구 장단은 절정을 향해 달려가고 있었다. '간이간이간이간이 큰 남자예요'를 뚫고 석희의 목소리가 들렸다.

"아빠!"

각설이 아저씨, 그러니까 석희 아버지는 장구채를 든 채로 석희를 팔로 안았다. 화장이 석희의 하얀 블라우스에 묻을세라 얼굴은 석희 어깨에서 멀리 떨어뜨린 채로.

동아리원들이 주뼛거리는 사이 선생님이 뒤에서 뛰어와

석희 아버지에게 꾸벅 인사를 했다. 선우정 언니는 갑자기 그 사이를 파고들었다.

"아이고, 전교 1등 아버님. 저는 석희 선배입니다."

능청스럽게 악수를 한 채로 90도 인사를 하며 우리를 웃게 만들었다. 석희와 선생님, 그리고 선우정 언니가 너무 아무렇지 않아서 우리는 얼마 안 가 아무렇지 않게 석희 아버지가 건네는 노란 돌덩이 같은 호박엿을 입에 넣고 웃으며 우물거렸다.

호박엿이 가져온 입안의 단맛은 학교로 돌아갈 때까지 지워지지 않았다. 모두들 학교로 돌아가는 것을 아쉬워했다. 나도 그랬다. 아쉬움을 넘어 울적했다. 또 습관처럼 스스로에게 물었다. '왜지? 나 왜 울적한 거야?' 교실로 들어갈 때야 어렴풋이 내 감정이 읽혔다. 그동안 잘난 석희를 질투하지 않았던 게 알량한 동정심 때문이었다는 걸 알게 되었다. 단단히 석희에게 진 느낌이었다.

벚꽃 축제 이후 소풍은 끊기고 다시 토의가 시작되었다. 이번에 유상렬 선생님이 던진 건 우리나라의 대학 서열화 문제였다. 우리 학교에서 특별반 운영을 하는 것도 결국 대학에 잘 보내려는 것이고, 대학 입시 결과로 교육이 성공했는가를 평가하는 건 교육을 망치는 길이라고 힘주어 말했다.

"우리 학교에서 버젓이 비교육적인 특별반이 운영되는 것에 우리 연극반은 분노할 줄 알았으면 좋겠다."

선생님은 나머지 시간에 우리끼리 자유롭게 이야기를 나눠보라며 자리를 털고 일어났다. 소풍이 끝나고 본격적으로 연극 관련 활동이 시작될 거라는 기대가 빗나갔다. 내가 손을 번쩍 들었다.

"저희 연극은 안 하나요?"

"해야지."

"언제요?"

"일단 세상에 대해 더 고민하고, 그런 뒤에 연극을 만들어보면 어떨까. 선생님은 그게 더 의미 있는 연극이 될 수 있을 것 같다."

유상렬 선생님이 나가고 나는 눈을 껌뻑이며 대표 선우정 언니에게 물었다.

"세상을 모르면 연극을 할 수 없는 거예요?"

"세상에 대해 이야기를 해야 하니까."

선우정 언니의 대답에 단짝인 우지혜 언니가 엄지를 치켜세웠다.

"이야, 멋있었다. 역시 대표."

동의할 수 없었다. 세상을 지금보다 더 모르던 시절에도 연극을 했다. 그 연극은 재밌었고, 충분히 근사했다. 그때 나는 분명 배우였다. 겨우 초등학교 5학년 때였지만 말이다.

학기 말에 담임 선생님은 연극 수업을 기획했다. 작품은 심청전이었고 그 안에서 내가 맡은 배역은 뺑덕어멈이었다. 할머니의 한복을 빌려 입고, 코밑에 까만 점도 찍었다. 지금 생각하면 소박한 무대였다. 방과후에 교실 책상을 모두 밖으로 빼고, 관객을 맞이했다. 교실 뒷문은 관객이 오갔고, 앞문은 무대로 통하는 문이었다. 그 앞에서 대기할 때는 너무 떨려서 주저앉을 뻔했다. 그러나 앞문의 문턱을 넘어서자 놀라운 일이 일어났다. 나는 자연스럽게 한복 치마 한쪽을 잡아올리고, 엉덩이까지 실룩거리며 걸었다. 관객의 웃음이 빵 터져 교실을 채우자 그때부터 나는 그냥 뺑덕어멈이 되었다. 나를 지켜보는 수많은 시선은 전혀 두렵지 않았다. 그 시선이 빛처럼 부서져 나를 감싸는 황홀한 기분이었다.

연극이 끝나고, 학생들에게 친절한 법이 없던 옆 반 선생님이 나를 빤히 쳐다보더니 한마디를 하고 지나갔다.

"타고났네, 타고났어."

그 말은 너 정말 노력했구나, 라는 말과 차원이 다른 말이었다. 그 어떤 것도 내 안의 재능을 훼손할 수 없을 것이라는 예언 같았다. 점을 지우고, 한복을 벗자, 그다지 특별할 것 없는 원래 오은동으로 돌아갔다. 하지만 오은동이 아닌 뺑덕어멈이 되어버린 그 감각은 이미 내 세포 안으로 침투해 있었

다. 누구도 빼앗을 수 없는 타고난 감각으로 멀리 가고 싶었
다. 내가 충분히 빛날 수 있는 곳으로 말이다.

이 고장은 너무 심심했고 뻔한 걸 요구했다. 뻔한 이유로
누군가는 학이, 누군가는 닭이 되어버리는 세계. 이곳에 이대
로 있다가는 수많은 닭 중 하나가 되어 좁고 더러운 양계장
한구석에서 꾸웨엑 소리만 내다가 죽어버릴 것만 같았다.

이건 누군가에게 절대 발설해서는 안 될 꿈이었다. 연기
학원 하나 없는 이 소도시에서 평범한 외모로 배우를 꿈꾸는
나에게 사람들이 어떤 말을 할지 자명했다. 현실적인 조언을
하겠다며 정신 차리라고 하거나, 허황된 소리라고 비웃을 것
이다.

누군가에게 언어로 내 꿈을 설명하고 설득하는 대신 내 안
에서 조용히 몸집을 키우고 단단하게 만드는 것을 택했다. 그
과정 중 하나가 연극반이었다. 하지만 시간이 지날수록 연극
반에서 기대할 수 있는 건 없었다.

내 꿈을 지킬 수 있는 건, 나뿐이었다. 고등학교 입학 후,
한 학기 동안 할머니와의 수업을 빠지지 않고 이어간 것도 내
꿈을 지키기 위한 일환이었다. 할머니는 수업료를 미루는 법
이 없었다. 얼마나 모았냐고 묻지도 않았고, 어디에 쓸 건지
궁금해 하지 않았다. 다만 내가 가끔 게으른 선생이 될 때 따

끔하게 한마디를 할 뿐이었다.

"돈값을 허셔야쥬, 선상님."

그렇게 배우 아카데미 수강료를 모아갔다. 늦어도 여름에는 수강하려던 애초의 계획은 실패했지만, 겨울 직전까지 열심히 수업료를 모으면, 겨울부터 정식으로 연기 수업을 받을 수 있다. 물론 면접 통과라는 전제 조건이 있었지만, 어쩐지 자신 있었다.

이런 소망을 알 턱이 없는 학교는 모의고사, 중간과 기말고사의 총합으로 나의 꿈을 디자인해주었다. 담임 선생님과의 상담에서 가장 많이 나온 말은 현실, 그리고 안정적이라는 단어였다. 겉으로는 고개를 끄덕이고, 마음속으로는 세차게 고개를 저었다.

*

여름을 며칠 앞두고 우리 필성슈퍼는 물놀이 손님으로 북적댔다. 슈퍼 앞에서 도로 하나를 건너면 천변이었다. 새로운 시장의 공약 중 하나가 천변 공원화였다. 하천 바닥을 정리하여 커다란 야외 수영장 하나를 만들어버린 덕분에 우리 필성슈퍼에 물놀이 손님이 오갔다. 알록달록한 튜브들 때문에 마치 여름이 된 것처럼 조금 들뜨기도 했다.

아이들이 잔뜩 젖은 몸으로 물을 뚝뚝 떨어뜨리며 슈퍼에 들어와도 엄마는 싫은 내색을 하지 않았다. 엄마는 스테인리스 대형 보온 물통까지 바깥에 설치했다. 물놀이로 허기진 아이들에게 컵라면은 최고의 간식이었다. 코카콜라 대리점에서 판촉용으로 준 파라솔 달린 플라스틱 테이블과 의자는 온종일 아이들의 옷에서 떨어진 물 때문에 축축했다. 아이들이 파래진 입술을 파르르 떨며 뜨끈한 라면을 빨아들이는 것을 보니 내 입에서도 침이 차올랐다. 엄마가 어린 손님들을 바라보며 말했다.

"이렇게 간당간당. 재밌다, 재밌어."

슈퍼 이야기였다. 매출은 이미 반토막 났지만, 위태로울 때 조금씩 생기는 기회를 엄마는 감사해하며, 놓치지 않으려 애썼다.

슈퍼 차양 끝은 작은 알전구들로 빛났다. 초저녁 푸른 공기 속에서 주황색 불빛이 따뜻하게 빛났다. 전구들이 비추고 있는 것은 함께 매달려 있는 가지각색의 튜브들이었다. 할머니는 언제부터 슈퍼에 나왔는지 차양 끝에 매달린 수박 모양의 튜브를 만지작거리며 말했다.

"영락없이 수박 모냥이네."

여름철이 되면 늘 하는 말도 잊지 않았다.

"수박 한 댕이 읃으러 가야는디."

고창 할아버지 댁을 말하는 거였다. 육지에 있는 몇 안 되는 할머니의 혈육이었다. 아빠에게는 외삼촌이었다. 할머니는 일 년에 한 번은 우리를 대동하거나, 아빠의 트럭에 몸을 실어 고창에 갔다. 돌아오는 길에는 늘 커다란 고창 수박을 받아왔다. 할머니는 고창에서 얻어온 수박을 자를 때마다 경건한 표정을 지었다.

"이런 놈은 돈 주고도 못 먹는 것이다."

수박을 입에 넣기도 전에 식전 기도처럼 꼭 이 말을 했다.

아이들이 두 팔로 잡을 만한 크기의 수박 튜브를 올려다보았다. 고창 수박은 그것의 한 3배는 되었다.

중학교 2학년 때, 할머니와 직행버스를 타고 고창에 다녀온 적이 있다. 고창 할아버지는 들고 갈 것을 걱정하면서도 수박을 챙겨줬다. 아빠의 트럭도 없는데, 수박을 준 할아버지와 그걸 덥석 받아온 할머니 모두 원망스러울 정도로 무거웠다. 나와 할머니는 교대로 낑낑대며 마을버스를 타고 고창 터미널 앞까지 도착했다. 터미널 앞 횡단보도에서 파란불이 켜지자 잠시 내려놓았던 수박을 들어올렸다. 그리고 한 발 내디뎠을 때, 움푹 팬 도로에 당황하고 말았다. 손쓸 새도 없이 발목이 꺾여 넘어졌고, 손에서 수박도 놓치고 말았다.

그때 할머니의 공포에 질린 비명은 아직도 귀에 생생했다.

슈퍼 위에 달린 수박 모형의 튜브를 보자 그때의 공포가 떠올랐다. 넘어지면서 놓친 커다란 수박이 도로로 굴러가고, 차바퀴에 짓눌려 조각났다. 나를 곤경에 빠뜨린 그날의 고창 수박에 복수라도 하듯이 수박 튜브를 손바닥으로 한 대 세게 쳤다.

가방을 내려놓고 열심히 초저녁 장사를 도왔다. 물놀이 손님이 모두 빠져나간 뒤, 엄마는 카운터에서 오천 원을 꺼내 쥐여주었다. 할머니는 바깥 파라솔 의자를 닦고 들어오며 말했다.

"냴은 고창 댕겨올란다. 점빵 못 봐주니 그런 줄 알어."

할머니의 말에 엄마는 의아한 표정이었다.

"내일 은세 아빠가 시간이 되려나 모르겠는데요? 애들도 학교 가는 날이고."

할머니의 고창행 동행자가 누가 될지 짐작하려는 순간 놀라운 한마디가 들렸다.

"버스 한 번 타면 되는 거, 혼자 댕겨올란다."

할머니는 혼자 다른 도시에 간 적이 없었다. 걱정과 놀라움이 한꺼번에 밀려왔다. 본인 이름과 아들, 딸의 이름을 정확히 읽고 쓰게 된 할머니는 자신의 부모님 이름과 손주들 이름을 커다란 달력 뒷면에 가득 채워나갔다. 고모 이름 오정이를 익히고, 슈퍼 채소 박스에서 오이를 읽었다. 오이를 읽고 좋아하던 할머니를 보고 일주일 내내 채소와 과일 이름을 숙제로 내주기도 했다. 그런 다음 위도, 정읍, 고창, 서울 등 혈육이 사는 고장 이름을 가르쳐주었다. 그렇게 할머니와 가까운 단어들로 공부해나갔고, 유창하게는 아니어도 천천히 글을 읽을 수 있게 된 것이다.

"이놈, 맞지야?"

집에 오자마자 할머니는 달력 조각에 '고창'을 써서 내게 보였다. 내가 고개를 끄덕였다.

"할머니, 그래도 물어보고 타요."

"고창, 써진 대로 가면 되는 거잖냐? 뭐더러 넘헌티 물어봐야?"

할머니는 '고창'이 써진 종이를 곱게 접어 동전 지갑에 넣었다.

다음날 등교하고 점심시간이 될 때까지 할머니 생각에 사로잡혔다. 순창, 고성. 헷갈릴 만한 지역 이름은 이 정도였다. 고창이 써진 종이를 꺼내어 몇 번이고 대조한 뒤 버스에 올라탔을 것이다. 안심했다가도 할머니가 엉뚱한 도시에서 내려 어리둥절하게 서 있는 모습이 머릿속을 휘저었다.

하교하자마자 슈퍼로 달려갔다. 차양 끝에 달린 전구는 여전히 빛났다. 문을 열면서 엄마에게 할머니의 안부를 물었다.

"할머니는?"

"희한한 일이다."

초저녁 장사 때 엄마는 배달 외에는 전화 통화를 하는 일이 없었다. 그 바쁜 통에 오늘은 고창에 전화를 걸고 어두운 얼굴로 전화를 끊었다. 웬만한 일에 초조함을 보이지 않는 엄마였다. 엄마가 정말 아무렇지 않은 표정으로 이렇게 말해주길 바랐다.

'별일도 아니고만.'

엄마가 그렇게 말하면 어떤 일이든 별일 아닌 것처럼 느껴졌고, 결과적으로도 정말 별일이 아니었다. 그런데 엄마의 얼굴은 더 어두워졌다. 엄마의 표정을 보자 가슴이 덜컥 내려앉았다.

"너희 할머니 몇 시간 전에 버스를 탔다는데, 오고도 남을 시간인데 뭔 일이다냐."

엄마는 연신 시계를 봤다.

"노인 양반 어디서 길을 잃었든지, 다쳤든지 그런 거 아니면 아직 안 올 일이 뭐가 있냐."

엄마의 목소리 끝이 떨리자 내 몸이 떨렸다.

"아빠 배달 다녀오면, 트럭 같이 타고 터미널 가봐라."

글씨가 헷갈려 엉뚱한 동네에 내린 걸까. 아니면 욕심내서 수박을 들고 오다가? 할머니가 고창 터미널 앞 도로에서 뒹구는 상상을 하다가 눈을 꽉 감았다.

엄마는 집에 있던 은세 언니, 은율까지 슈퍼로 불러냈다. 배달 때문에 부르면 얼굴을 구기고 느리게 걸어오던 은세 언니가 가장 먼저 달려왔다. 우리 세 자매는 슈퍼 차양 아래 삼십 와트 전구의 주황색 빛을 받고 비장하게 모여 섰다. 시내 레스토랑에 물건을 대주고 돌아오는 아빠의 트럭이 가게 앞에 도착했다.

은세 언니는 아빠가 차에서 내리자마자 삐죽삐죽 눈물을 흘렸다. 평소에 할머니 말은 더럽게 안 듣더니 눈물은 참 많다. 어느새 날은 더 어두워져서 푸른빛이 돌던 하늘은 더 어두워졌다. 우리 셋이 운전석 옆자리에 끼어 앉았다. 아빠가 키를 꽂고 시동을 걸자 트럭이 부르르 몸을 떨었다. 도로 쪽으로 천천히 차가 진입하는 동안에도 훌쩍이던 은세 언니가 갑자기 소리쳤다.

"할머니!"

그 소리에 놀란 아빠가 급브레이크를 밟았고, 안전띠를 했을 리 없는 우리는 창문에 콩, 하고 머리를 박았다. 언니가 소리를 지르는 그 짧은 순간, 앞에서 걸어오는 할머니를 분명히 보았고, 앞 유리에 이마가 찧었는데도 하나도 아프지 않았다.

"뭔 갓난애기 나갔다 오는 길이냐?"

할머니가 자신을 에워싸고 타박하는 가족들에게 말했다.

"수박은 욕심으로 받았다가 손모가지 달아날까 겁나서 못 받았다."

할머니는 그 와중에 수박을 받아오지 못한 것을 아쉬워했다.

"어머니, 우리는 뭔 일난 줄 알았다니까요. 뭔 일로 이 시간에 오셨어?"

"그놈이 약인디, 여름에는."

여전히 수박 이야기였다. 할머니는 집으로 갈 모양새를 취하며 말했다. 뭔가 들뜬 목소리였다.

"날도 시원허겄다, 싸목싸목 걸어왔니라."

시원이라니. 저녁때가 되어도 날은 푹푹 쪘다. 할머니는 손에 쥐고 있던 가제 수건을 탁탁 털고, 목 뒤 땀을 훔쳐냈다. 그러더니 은율의 손을 잡고 콧노래까지 흥얼거리며 집을 향해 걸음을 뗐다.

"혼자 저렇게 태평하시네."

엄마는 고개를 절레절레 흔들며 슈퍼 앞 채소 코너를 정리했다.

"오늘 치 공부는 다 허고 왔다."

언니와 은율이가 잠들고 할머니 방에 들어가자 그렇게 말했다.

"집에 오는 버스까정 옳게 타니까, 가슴이 훤해지고 어깨

가 따악 펴지더란 말이다. 인자 고창이 문제겄냐, 전주며 서
울이며 못 갈 곳이 어디겄냐. 버스서 내려가지고 택시 탈라고
터미널 앞에 섰는디, 옴마! 눈앞 간판 글자들이 '할매' 하믄서
손을 흔들어야. 그것이 다 읽히는 거여. 저놈까지만 읽어보고
타자, 앞에 두 군디만 더 쳐다보고 가자 한 것이 점드락 걸었
시야. 마음이 얼매나 시원허든지 집까정 걸어오는디야, 다리
아픈지도 모리고 꼭 구름 우를 걷는 것 같았시야."

할머니는 모시옷을 옷걸이에 얌전히 걸고는, 러닝을 훌러
덩 벗었다.

"오메, 메리야스 땀 봐라."

땀에 절어 축축해진 걸 냄새라도 맡아보라는 듯 내 얼굴
앞에 훅 들이밀더니, 그것을 들고 목욕탕으로 들어갔다. 목욕
탕에서 나온 할머니는 머리를 수건으로 털면서 무용담을 이
어갔다.

"걸어오다봉께 으디로 가야 하는지 막히는 거여. 앞에 오는
젊은 처자한테 물어봉게 할머니 쭉 걸으시다가 사거리 나오
면 '행복분식'이라는 커다란 분식집 보이실 거여요. 그 분식점
오른쪽으로 꺾어서 가시면 나올 거여요, 그르더라고."

이번에는 머리를 털다 멈추고 나에게 속삭였다.

"근디 시상에 그 처자가 말헌 데로 쭉 걷다 봉게 눈앞에 '행
복분식' 글자가 딱 나와. 가슴이 덜컥 내려앉는 것 같기도 허다

가 벌렁벌렁 허더라. 그 아가씨가 알려준 대로 꼭 나와부러야."

할머니는 아까보다 더 산뜻해진 표정이었다. 아가씨가 말한 간판이 딱 보이는 일은 어떤 약속이 지켜지는 기분이었을까. 아무튼 할머니는 틀림없이 지켜지는 어떤 약속의 세계에 새로 데뷔한 시민 같았다. 할머니 눈이 반짝반짝 빛났다. 할머니가 상쾌한 표정으로 자리에 누우며 말했다.

"부런 사람이 없다."

부러운 사람이 없다는 말이었다. 그 말을 나는 알아들었다. 나 역시 뺑덕어멈이 되고 처음 느낀 감정이 그것이었으니 말이다. 꿈은 부러운 것이 없게 만든다.

내 방에 들어와 『배우 되기』 책을 폈다. 고등학교 입학 직전, 피 같은 돈을 헐어 샀던 그 책. 그간 책을 읽고 간직만 했다. 이제 뭔가를 할 때였다. 책 첫 장을 열었다. 배우가 되기 위한 첫번째 연습은 눈물 연기도, 몸짓도 아니었다. 호흡이었다.

책에 적힌 대로 바닥에 누워 몸을 대자로 뻗었다. 그리고 눈을 감았다. 저녁 바람이 어느 집의 고소하고 기름진 생선구이 냄새를 기분 좋게 실어왔다. 해가 저물 때까지 놀이터에서 노는 아이들의 새된 고함이 들렸다. 할머니가 매일 글을 익혀 새로운 세계에 진입한 것처럼 나 역시 할 수 있지 않을까. 퐁……퐁……퐁. 가슴속의 무언가가 발효되어 퐁퐁 터지는 소리가 들리는 것 같았다.

*

고등학생이 되어 맞이한 첫 여름은 짧았다. 그 짧은 시간 동안 많은 일이 벌어졌다. 그 일 중 하나는 여름 보충수업이 시작되자마자 일어났다.

'비교육적인 특별반 폐지! 2학기 교육 정상화를 희망합니다.'

등굣길에 마주한 교문 앞의 유상렬 선생님은 꼿꼿했지만, 땡볕에서 홀로 서 있는 걸 보자니 마음이 쓰이긴 했다. 나 역시 특별반 제도를 반대했고, 선생님의 요구대로 2학기에는 특별반이 없어지길 바랐다. 교문에서 내가 꾸벅 인사를 하자 선생님이 환하게 웃었다. 한번도 본 적 없는 미소였다. 그 모습이 수업 시간 내내 머릿속을 떠나지 않았고, 문득 선생님을 도와 함께해야 하는 것이 아닌가 하는 생각이 스쳤다. 내 마음이지만 이상했다.

"연극반이라면 우리도 가만히 있을 수 없지."

대표 선우정 언니가 점심시간에 동아리 아이들을 급히 모아 그렇게 말하는 것이다. 분기탱천한 기세로 당연히 동참해야 한다고 말하자, 아까 수업 시간에 가졌던 마음이 저멀리 달아나고 말았다. 연극반이니 꼭 시위해야 한다는 것은 대체 무슨 말인가. 연극반이니 연극을 해야 하는 게 더 자연스럽지 않나? 선우정 언니의 말에 이의를 제기하는 사람이 아무도 없었다. 그때 석희가 손을 들었다.

"언니 죄송한데, 저는 못 나갈 것 같아요."

석희는 이 한마디로 뜨겁게 달아올랐던 공기에 찬물을 끼얹
었다. 선우정 언니는 아무렇지 않은 척하려 애썼지만, 서늘해
진 표정과 목소리를 감추지 못했다. 모든 시선이 선우정 언니
와 석희에게 집중되었다.

"어, 그래. 우린 강요는 안 해."

그리고 한마디 더 했다.

"못 하겠는 사람 더 있어? 없는 거지. 그럼 내일 아침부터
당장 시작이야."

타이밍을 놓쳤다. 석희가 뿌린 찬물을 탈탈 터는 중인 사람
들에게 다시 찬물을 끼얹을 용기까지는 없었다. 찬물이 가득
찬 대야를 가만히 땅바닥에 내려놓는 심정으로 동아리방을
나왔다.

보충수업이 열리는 삼 주 동안 매일 선생님 곁에 섰다. 그
삼 주 동안 교문을 통과하는 아이들과 선생님을 바라보았다.
방향이 달라졌을 뿐인데 그동안 보이지 않던 것들이 보였다.
애써 시선을 피하는 친구들, 옅은 비웃음, 이런 것들. 선우정
언니는 그런 표정들 앞에서도 유상렬 선생님의 구호를 따라
크게 소리쳤다. 누군가 내 목구멍을 꽉 잡고 비트는 것처럼 목
소리가 나오지 않았다. 나는 붕어처럼 입만 벙긋거렸다.

교장 선생님은 보충수업 1교시 도중 갑자기 방송 조회를 열어 학교장 격려사에 대부분을 특별반 제도를 옹호하는 데 썼다. 특별반 덕분에 면학 분위기가 조성되었고, 이 건강한 경쟁을 통해 드디어 옆 사립 여고의 입시 성적을 뛰어넘었다. 결국 여러분들 잘되라고 이런 것이다. 뭐 그런 말들이었다.

"여러분 모두 내년에는 열심히 노력하여 특별반이 되길 바랍니다."

이 말에서는 실소를 금치 못했다.

"은동아, 너 있잖아. 조금 더 올리면 내년에 특별반에 갈 수 있는데. 네가 참 아까워, 늘."

담임 선생님은 나를 부르더니 그렇게 말했다. 선생님들 말보다 나의 마음을 흔든 건 친구들의 말이었다. 우리 반 아이 중 한 명이 나를 보더니 말했다.

"나는 불만 없는데?"

어쩐지 힘이 빠졌다. 내가 왜 거기에 서 있는 걸까. 차라리 특별반인 석희가 서 있는 게 설득력 있고 보기에도 그럴싸하지 않을까.

"그렇게 보통반이 싫으면 공부를 열심히 하면 되잖아."

수학 선생님의 이 말도 나를 찔렀다.

보충수업이 중반을 향해 갈 때, 엄마에게 털어났다. 엄마는 쪽파를 소분해 묶으며 무심히 말했다.

"대학 좀 잘 보내겠다고 애기들을 무안하게 하면 돼? 사람 무안하게 하는 거 아니야. 근데 여름이라 아침이어도 햇빛이 무지막지할 텐데? 열사병 걸릴라."

누군가를 무안하게 하였으므로 특별반 제도는 좋지 못하다. 그 덕에 대학 입시 성적이 올랐다고 하더라도, 그것 때문에 누군가를 부끄럽게 만들면 안 되는 것이다. 억지로 시위를 하게 된 셈이지만, 나 자신을 납득시킬 만한 명분을 얻은 덕분에 끝까지 교문 앞에 서 있을 수 있었다.

내가 그렇게 교문 앞 대열에 끼어 있을 때, 아빠도 좀더 절실한 마음으로 시위를 시작했다. 여름이 시작되자마자 엉터리마트는 폐업했다. 기세가 꺾이긴 했지만, 이렇게 빨리 사라질 것이라 예상한 사람은 없었다. 너무 갑작스럽게 문을 닫는 바람에 그걸 이상하게 여긴 사람들이 많았고, 온갖 소문이 돌았다. 돌아온 탕자처럼 사람들은 조금 부끄러워하거나, 부러 큰소리로 엉터리마트를 욕하며 우리 필성슈퍼에서 물건을 골랐다.

"마트 이름부터 엉터리가 뭐냐. 우리처럼 필성! 반드시 성공하는 슈퍼여야지."

엉터리마트 개업 초반, 이름 따라갈 거라고 자신하던 아빠의 기세가 등등했다.

하지만 그 기세는 얼마 가지 않아 무참히 꺾이고 말았다. 엉터리마트 자리에 외국계 대형마트가 들어올 것이라는 소문이 며칠 돌았고, 사실로 밝혀진 것이다. 슈퍼 연합회에 다녀온 아빠는 어울리지 않은 빨강 조끼를 입었다. 정읍시의 슈퍼 사장님들과 시청, 천변 등지를 돌며 떠들썩하게 시위를 했다. 다녀와서는 우리에게 유통시장 개방이니 뭐니 하는 어려운 뉴스 이야기를 설명해주기도 했다. 문득 유상렬 선생님과의 연극반 수업이 생각났다. 유통시장 개방. 연극반에서 토의했던 주제였다. 그때는 전혀 와닿지 않던 주제를 가져와 토론시키는 선생님이 못마땅했다. 그런데 지금 그것은 뾰족한 문제가 되어 우리 필성슈퍼 앞으로 그러니까 우리 가족, 내 앞으로 침투하는 중이었다. 유상렬 선생님과 아빠의 말을 종합해보자면 우리가 앞으로 마주하게 될 세상은 이랬다. 무한 경쟁, 약육강식. 약한 놈을 봐주는 것이 더이상 덕목이 아닌 세상.

"엉터리보다 더 커요, 아빠?"

"엉터리마트는 거기에 대면 우습지."

아빠는 다시 말을 이었다.

"주차장까지 5층이라는 거야."

5층짜리 백화점 이야기는 들어봤어도, 슈퍼가 5층이라는 건 처음 들어봤다. 다른 도시에서도 커다란 마트가 등장해서 지역 상권이 죽어난다고 했다. 동아리 시간에 유상렬 선생님도 그런 이야기를 했고, 뉴스에서도 종종 들었던 이야기였다. 아빠의 말을 끊고 엄마가 물었다.

"그래서 사람들이 뭐라 그럽디까?"

"뭐라고 하긴 뭐라고 해. 서울 놈, 외국 놈들한테 돈 흘러가는데 여기 사람들 누가 찬성하겠어?"

아빠는 자신만만해 보였다.

여름에 학습 열의가 드높아진 학생도 있었다. 고창에 다녀온 뒤로 할머니는 다소 귀찮을 정도로 열심이었다. 속도감 있게 읽어내는 것은 여전히 어려웠지만 글자 앞에서 멈추는 시간이 줄고, 잘못 읽는 횟수도 줄었다. 그러나 쓰기에서는 고전을 면치 못했다. 보충수업을 마치고 슈퍼에서 늦게 집으로 돌아온 날, 할머니는 서둘러 나를 자신의 방으로 들였다.

"내 잡지장 봐라."

할머니는 공책을 꼭 잡지장이라고 말했다. 손수 달력을 잘라 하얀 실로 엮어 만든 공책이었다.

"선상님이 뭣이 바쁜지 숙제도 안 내주니 별수 있간디. 내가 착실허게 썼다. 잘 썼는지 검사라도 혀봐."

황서은. 할머니 이름이 적힌 노트의 표지를 넘겼다. 한 장 넘기자 슈퍼에서 파는 다양한 식품들 이름이 적혀 있었다.

"하……."

나도 모르게 짧은 탄식이 새어 나왔다.

"내가 시범으로 써준 적 있지 않아요, 그건 어디가고?"

"어쩌 그냐?"

내가 말을 잇지 못하자 다시 할머니가 물었다.

"빙신 같이 썼냐?"

"아니 그게 아니라, 할머니. 잘 썼어요. 그런데 음……."

사실 제대로 쓴 게 하나도 없었다.

뚜부, 챔지름, 들끼깨루, 무시, 도마도

내가 엉터리 글자 다음 장에 두부를 쓰며 말했다.

"할머니 두부는 이렇게 써야 돼요."

"어쩌서?"

"네?"

"뚜부라고 허잖냐 어쩌서 뚜부를 두부라고 써야?"

"하……."

"두부라고 쓰믄 뭐신가 쫌 싱겁잖냐. 뚜부가 더 꼬숩겄는
디?"

막막함이 파도처럼 밀려왔다. 제대로 대꾸하지 못하고 참
기름, 들깨 가루, 두부, 무, 토마토를 노트 상단에 적었다.

"할머니, 일단 써요, 써."

일단 써. 일단 외워. 이런 말 하는 선생님들이 싫었다. 하지

만 이제 알겠다. 선생님은 막막했던 거다.

할머니에게 숙제를 내주고 방으로 들어왔다. 언니와 동생이 잠들어 있었다. 들숨과 날숨에서 배가 볼록해졌다가 가라앉는 막내의 배를 바라보았다. 내 배가 말랑한 풍선이라고 상상하며 숨을 천천히 들이마셔 배를 한껏 부풀렸다. 그리고 천천히 숨을 뱉어냈다. 숨을 들이마시고 오 초간 정지하고, 다시 천천히 숨을 뱉어냈다. 처음에는 현기증이 나던 호흡 연습이 이제 쉬워졌다. 문틈 사이 새어 나오는 빛을 이용해 책을 펼쳐 이 구절을 읽었다.

'자, 이제 귀여운 강아지가 될 시간입니다. 호흡을 이해하고, 몸을 열기 위한 가장 중요한 연습입니다.'

언니와 동생은 깊이 잠들었다. 천둥번개가 쳐도 절대 안 일어날 것이다. 나는 강아지처럼 무릎과 두 손바닥을 땅에 짚었다. 자고 있는 언니와 동생이 신경 쓰여 처음에는 소리를 내지 못하고 혀를 길게 빼고 호흡만 했다. 좀처럼 배의 움직임이 느껴지지 않았다. 조금씩 소리를 냈다.

"헥, 헥, 헥, 헥, 헥, 헥……."

소리를 크게 낼수록 목구멍이 열리고 배의 움직임이 커지는 게 느껴졌다. 책에서는 배의 움직임 뿐 아니라 갈비뼈의 움직임도 느낄 수 있어야 한다고 했다. 갈비뼈의 움직임을 상상하며 더 크게 헥헥헥, 소리를 냈다.

그때 높고 날카로운 비명이 들렸다. 그 소리에 나도 비명을 지르며 바닥에 엎드렸다.

"야, 너 미쳤어?"

나는 엎드린 채로 움직일 수가 없었다. 수치심이 밀려왔다. 연기 연습하는 걸 가족 중 언니에게 제일 들키고 싶지 않았는데 어떤 변명도 떠오르지 않았다.

"야, 너 뭐냐고?"

아무 말도 하지 않고 엎드린 채로 꿈쩍하지 않았다. 아니 못했다. 언니는 베개를 들고 할머니 방으로 들어가버렸다. 몽유병이라고 할까. 목에 뭐가 걸려서 뱉어내려고 했다고 할까. 시원한 변명을 떠올리지 못하고 그대로 잠들어버렸다.

*

여름 보충수업이 끝났다. 일주일 뒤면 개학이었지만, 등교하지 않는 진정한 방학이 남아 있다. 산뜻한 기분으로 슈퍼에 들렀다. 꺾이지 않은 더위에 초저녁 슈퍼는 천변 물놀이 손님들로 북적였다.

할머니는 슈퍼 밖 은행나무 아래 플라스틱 의자에 앉아 컵라면 손님을 상대하느라 바빴다. 미술 학원에 다녀온 언니는 카운터를 지키면서 툴툴대고 있었다.

"다음엔 진짜 절대 늦게 내면 안 돼."

이번 달 미술 학원비를 늦게 낸 걸 가지고 바쁜 엄마를 틈날 때마다 들볶는 중이었다. 언니는 그러면서도 카운터에서 계산은 착착하고 있었다. 역할을 누군가 정리한 건 아니었지만 가족들은 적재적소에 들어가 자기 할 일을 했다. 그런데 아빠가 보이지 않았다. 슈퍼 연합회에서 아직도 돌아오지 않았다는 거였다.

슈퍼에서 초저녁은 신성한 시간이었다. 엄마의 채근에 여러 번 슈퍼 연합회 사무실로 전화를 걸었다. 몇 번 만에 전화를 받은 회장 아저씨는 아빠를 바꾸어주었다. 통화를 마친 지 삼십 분도 되지 않아 아빠의 트럭이 슈퍼 앞에 멈췄다. 엄마는 아빠의 트럭이 도착하자마자 얼굴을 더 일그러뜨렸다. 시간은 어느새 여덟시를 넘어가고 있었다. 초저녁에 자리를 비우는 건 어떤 이유로도 핑계가 되지 않았다. 우리는 모두 그걸 알았다. 슈퍼에 불려오는 걸 극도로 싫어하는 은세 언니조차 초저녁에 걸려오는 다급한 전화에는 자리를 털고 일어나지 않는가.

"내 가게 돌보면서 대책을 세우든가 해야지, 슈퍼 내팽개치고 그렇게 있으면 답이 나온답디까?"

엄마의 타박이 계속 이어지자 아빠의 안색도 어두웠다. 슈퍼 안 공기가 얼어붙기 시작했다.

"놀고 왔어?"

기어이 아빠가 소리를 높였다. 심각한 낌새를 알아챈 할머니가 끼어들었다.

"가겟집서 주인 내외 싸우는 것만치로 꼴 뵈기 싫은 거 없다잉. 소리 높이지 말어라."

아빠는 괜히 헛기침하더니 슈퍼에 들어올 때부터 손에 들고 있던 아크릴판을 카운터 책상에 내려놓았다. 판에 끼워져 있는 종이에 써진 '외국계 대형마트 허가 반대'라는 글씨가 눈에 들어왔다. 괜히 신발 앞코로 바닥을 콩콩 두드리며 종이 안의 글씨를 읽었다. 유통시장 개방 이래, 대형마트가 늘어나면서 전국에 수만 개의 소형 가게가 폐업하고 지역 상권이 죽어간다는 내용이었다. 우리 지역만큼은 이런 일을 막아보자고 호소하는 글이었다. 대형마트가 벌어들인 돈은 서울과 외국으로 모두 빠져나갈 거라는 이야기도 적혀 있었다.

상단의 설명글 아래는 이름과 주소를 쓰는 칸이었다. 5층짜리 마트가 코앞까지 다가왔다고 했다. 시의 허가가 떨어지는 순간, 건물이 올라가는 건 시간문제라는 거였다. 막을 방법은 시민들이 적극 반대를 하는 것밖에는 없고, 그 반대한다는 걸 서명지를 통해 시에 보여줘야 한다고 했다. 가족들은 카운터 옆 평상에 옹기종기 앉아 아빠의 이야기를 들었다. 카운터에 서명지를 둘 테니, 계산을 하면서 손님들이 물어보면 설명을 잘하라는 아빠의 말에 고개를 갸웃거렸다. 단 세 글자인 이름을 적는 게 무슨 힘이 있을까.

"배달 갈 때도 이거 들고 가서 어른들 서명 받아와야 한다."

"아!"

우리는 동시에 탄식했다. 카운터 앞에 둔 서명지를 보고 손님이 물어보는 자연스러운 상황은 괜찮았지만 배달은 달랐다. 배달하는 것도 귀찮은데, 거기에 서명을 해달라는 아쉬운 소리까지 해야 한다고 생각하니 곤혹스러웠다. 보충수업 마지막날 아침까지 유상렬 선생님과 피켓을 들고 서 있던 것처럼 무용해 보였다.

아빠가 맨 첫 칸에 이름과 주소를 적고 서명 칸에 사인을 했다. 그다음은 엄마가 적었다. 단 두 사람의 이름밖에 없는 서명지를 한 장 한 장 넘겨 보았다. 모두가 흩어지자 할머니가 나에게 조용히 물었다.

"저것에다 이름을 써야 된다는 말이냐?"

"큰 마트 짓는 걸 반대하는 사람의 이름을 적는 거예요."

"한 사람이라도 아쉬운 거 아니냐?"

"당연하죠."

할머니는 서명지에서 시선을 거두지 못한 채 말을 이었다.

"노인들은 안 되냐?"

"왜 안 돼요?"

할머니가 노래처럼 읊조리며 볼펜을 들었다.

"손이 없냐, 글자를 모리냐."

"할머니 황서운이라고 쓰면 안 되는 거 알죠?"

"암만."

"아빠 이름도 오태캥이로 쓰면 되겠어요, 안 되겠어요?"

"말이라고?"

"할머니!"

"왜 그러냐."

"두부도 뚜부라고 쓰면 안 되는 거예요."

아주 잠깐 할머니가 멈췄다. 굳이 따지자면 삼초 정도의 시간. 그 삼초의 시간이 지나고 할머니가 말했다.

"잘 알겠습니다, 선생님."

정확하게 무슨 일이 일어났는지는 모르지만, 할머니 안에 그리고 할머니와 나 사이에 뭔가 일어났다. 그리고 그 뒤부터 할머니는 어쩐지 나를 정말 선생님으로 대우하는 것만 같았다. 하지만 그때까지는 몰랐다. 누군가의 선생님이 된다는 게 정말 귀찮은 일이라는 사실을 말이다.

그날 이후부터 할머니는 카운터 옆을 지키고 있다가 조금의 틈만 나면 손님에게 서명지를 들이밀었다. 물론 처음부터 쉽지는 않았다. 남에게 아쉬운 소리를 못 하는 성격인 할머니는 쉽게 서명지를 들이밀지 못했다. 친절한 손님이 먼저 '이게 뭐예요?'라고 물어보면 그제야 설명을 시작했다. 몇 번 반복하고 자신감을 얻은 뒤로는 자연스럽게 서명을 부탁하기 시작했다. 물건을 봉투에 담아주는 사이, 거스름돈을 받기 위한 짧은 찰나. 손님들이 카운터 앞의 껌이나 사탕 따위에 무심히 시선을 쏟을 때, 할머니는 그 시선을 서명지로 가로막았다. 사람들은 차마 거절하지 못하고 그 자리에서 서명을 했다. 덕분에 주민들의 이름이 적힌 종이가 쌓여갔다.

"그르니까, 몇 장이나 모태야 쓰냐?"

할머니가 서명지를 쓰다듬으며 물었지만, 나는 고개를 저었다. 얼마나 이 종이가 쌓여야 우리 필성슈퍼가, 생활이 위태로워지지 않는 건지 아무도 몰랐다.

2학기 개학 전날, 잠이 오지 않았다. 『배우 되기』 책을 가지고 부엌의 식탁에 앉았다. 식탁 위에는 지난달 달력이 접혀 있었다. 달력을 펼치자, 커다란 뒷면 여백은 글씨로 촘촘했다. 할머니의 글씨 획은 많이 단단해졌다. 구불구불했던 획은 누가 양쪽에서 잡아당긴 듯 팽팽해졌다. 그 단단해진 획으로 쓴 이름은 가족의 이름이 아니었다. 모두 낯선 이름들로 가득했다. 누굴까, 궁금증이 일었다. 친인척의 이름도 아니었다.

'박점례, 권갑수, 김종식, 구슬아, 이송주, 강유미, 최영혜,

장예준, 임수아…….'

식탁에 아크릴판이 보였다. 슈퍼 일을 마치고 하루의 일당처럼 그날 받은 서명지를 챙겨와 식탁에 올려두곤 했다. 할머니는 자주 그 이름들을 손바닥으로 쓰다듬으며 말했다.

"을매나 고맙냐."

자신의 이름과 큰아들 이름, 부모와 형제, 손주들의 이름으로 가득 채웠던 달력 여백에 얼굴은 모르지만 고마운 사람들의 이름을 할머니는 촘촘하게 써 내려간 모양이었다. 할머니의 한글 공부는 그렇게 이어지고 있었다.

*

가을이 깊어질 때까지 우리는 부지런히 서명을 모았다. 사람들은 호의적이었다. 할머니는 하루도 빠지지 않고 달력 뒤에 그 이름들을 적어 내려갔다. 이름 쓰기가 이어지며, 혜숙과 해숙을, 순례와 순래를, 구분하여 쓸 줄 알게 되었다. 여전히 해와 혜를, 례와 래를 구분하여 써야 하는 시원한 이유를 찾지는 못했지만, 할머니는 호의적인 사람들의 이름 덕분에 언어의 세계에서 이탈하지 않고 조금씩 앞으로 나아갔다.

얼마 뒤, 선물 같은 소식이 들려왔다. 그것은 조금 갑작스러운 느낌마저 들었다. 개학을 하고 한 달여가 지나고, 전국 단풍 절정 시기 지도가 뉴스에서 등장하던 무렵이었다. 정읍 시에서 대형마트를 불허했다는 소식이 찾아왔다. '골리앗을 이겨낸 작은 가게들'이라는 제목의 지역 신문 기사에는 슈퍼 연합회 사장님들이 한 손으로 주먹을 불끈 쥐고 승리의 미소를 짓는 사진이 실렸다. 회장 아저씨 뒤로 긴장한 듯 희미하게 웃는 아빠의 얼굴이 어색해서 웃었다. 그 외에도 '지역 상권 살린 시민들' '대형마트 막아낸 시민 연대' 등의 제목을 가진 기사가 실렸다. 아빠는 그것들을 스크랩해서 슈퍼 유리문에 붙였다. 시장 선거와 맞물려 얻어진 어부지리라는 소리도 있었다.

"모로 가도 서울만 가면 된다 그렸다. 그놈의 것들 물러났다니 속이 다 시원허다."

할머니는 그렇게 말했고 가족 모두 호응했다.

우리가 그렇게 시원하게 떠나보냈다고 생각한 것이 저만치에서 더 큰 파도가 되어 몰려온다는 것을 그때는 누구도 알아차리지 못했다.

＊

"은동아, 석희 아버지 모르던가? 어서 인사드려."

석희 아버지가 슈퍼에 온 건 내장산 길목이 단풍 관광객들로 밀리기 시작한 주말 아침이었다. 엄마가 말해주지 않았다면 석희 아버지인지 전혀 몰랐을 터였다. 횟수로 치면 두 번 본 적이 있었지만, 알아볼 수가 없었다. 전혀 다른 얼굴이었다.

"조 사장님, 뭔 일로 이렇게 늦게 왔어요?"

엄마의 반가운 물음에 석희 아버지는 축하 인사부터 건넸다.

"대형마트 생긴다고 해서 걱정이셨을 텐데, 축하합니다."

충청도의 축제를 끝내고 오는 바람에 단풍 축제에는 늦어버렸다는 석희 아버지는 식용유와 밀가루를 비롯한 물건을 잔뜩 샀다.

가로로 길고 깊은 눈 모양이 석희와 닮아 보였다. 갸름하고 까무잡잡한 얼굴에 맑은 눈이 우물처럼 촉촉하고 반짝였다. 기괴한 분칠을 하고 진한 립스틱을 바른 얼굴. 갈래머리, 여자 한복 저고리만 맨몸에 걸치고 우스꽝스러운 춤을 추는 각설이 아저씨가 이 사람이라는 게 믿기지 않았다.

"우리 석희 학교에서 말썽 안 부리지?"

내가 답을 하기도 전에 엄마가 석희 아버지를 장난 투로 흘겨보며 말했다.

"1등 아버지가 하는 소리 봐."

"1등이라고 말썽 안 부리나. 우리 석희 학교에서 잘 지내니?"

석희 아버지는 우리 동네 아저씨들에게서는 절대 들을 수 없는 부드럽고 순한 말씨로 내게 물었다. 나도 모르게 고개를 끄덕였다.

여름방학 특별반 폐지 시위가 끝나고, 2학기의 동아리방 분위기는 좀 묘했다. 전교 1등인 석희가 연극반의 위상을 높여준다고 치켜세워주던 언니들이 은근히 석희에게 거리를 뒀다. 연대는 뜨겁지만 이탈한 자에게는 한없이 차가웠다. 나는 중간에서 안절부절못했고, 시위를 함께하지 않았다고 은근히 따돌리는 연극반에 회의감이 들었다. 연극반을 그만둘 생각까지 했다. 어차피 연극의 '연'자도 꺼내지 않는 이곳에서 더 이상 머물러야 할 명분을 찾지 못했다.

그런 나를 붙든 건 대표 언니의 한마디였다.

"겨울 축제 때 올릴 무대 회의해야 되니까, 야자 시간에 담임한테 말하고 동아리방으로 모이세요."

드디어 무대를 위한 활동이 시작된다고 생각하니 가슴이 뛰었다. 그동안 연극반에서 탈퇴하고 싶었던 걸 꾹 참은 나의 머리를 쓰다듬어주고 싶은 심정이었다. 야간 자율 학습을 빼질 명분이 생긴 것도 좋았다. 그때, 석희가 손을 들었다.

"저녁에 특보가 있어서……."

특보는 전교 10등까지의 아이들을 모아놓고 수업하는 특별 보충수업을 말했다.

"어쩌라는 거지?"

선우정 언니가 중얼거렸고, 분위기가 얼어붙었다. 사실 나도 묻고 싶었다. 진짜, 왜 온 거야, 연극반에. 나는 그렇게 속으로만 말했다.

그런 이야기를 석희 아버지에게 말할 필요는 없었다.

"1등에 장학금 받고 다니지, 착하지. 세상에 밥 안 먹어도 배부르겠어, 석희 아버지."

"솔직히 학교에서 주는 장학금 안 받았으면 했어요."

"아니, 배부른 소리 하시네. 그럼 우리 은동이한테 주시오."

엄마의 장난스러운 말에도 석희 아버지는 웃지 않았다.

"애가 혹시나 볼모 잡힐까봐 그렇죠. 공짜 돈이 어디 있어요."

"학교에서 볼모 잡힐 일이 뭐가 있어요. 뭐 그런 걱정을 해요."

석희 아버지는 물건을 다 고르고, 내 손에 오천 원짜리 한 장을 쥐여주었다. 한사코 말리던 엄마가 받으라는 눈빛을 보내서, 꾸벅 인사를 했다. 석희 아버지를 배웅하고 슈퍼에 들어온 엄마가 장난스러운 말투로 내게 말했다.

"우리 은동이 탤런트 돈도 받고 출세했네."

"탤런트?"

"옛날 드라마 영웅시대에서 칼잡이 역할 했잖아. 조정구 모르냐? 조정구. 텔레비전에서 폼 잡고 있어야 할 양반이 정읍 바닥에서 각설이를 하고 있으니, 어찌된 조화 속인지……."

엄마가 안타깝다는 듯 혀를 찼다.

석희 아버지는 그 뒤로 한 번 더 슈퍼에 와서, 처음 왔을 때보다 더 많은 양의 물건을 떼어갔다. 내장산 단풍 축제 길목에서 벚꽃 축제처럼 각설이 분장하고 엿을 팔고, 동동주와 파전도 판다고 했다. 어마어마하게 사람이 몰려 힘들었다고 이야기하면서도 얼굴에 뿌듯한 미소가 가득했다.

사람들은 내장산 가는 길목의 슈퍼인 우리 필성슈퍼 앞에 차를 댔다. 대형 관광버스의 문이 열리면 사람들이 쏟아져나왔다. 낯선 말투의 사람들이 우르르 슈퍼로 들어와 화장실을 찾고, 음료와 과자, 담배 등을 샀다. 할머니는 평소보다 더 즐겁고 친절한 표정으로 슈퍼 뒤에 있는 화장실을 안내했다. 다시 가족이 총출동하였다. 아빠는 부지런히 내장산에서 음식 장사하는 사람들에게 물건을 대주러 나갔고, 나와 은율이는 툴툴대며 슈퍼와 아파트 단지를 왔다갔다하면서 부지런히 배달하러 다녔다. 은세 언니는 카운터를 봤다. 슈퍼는 다시 고모 때의 일일 매출액과 비슷해졌고, 엄마는 배달이나 잔심부름하는 우리에게 평소보다 넉넉하게 용돈을 쥐여주었다.

　가장 신이 난 일꾼은 할머니였다. 할머니는 한글 공부도 며칠 멈췄다. 초저녁잠도 자지 못하고 자정 가까이에 녹초가 되어 집에 들어온 할머니에게 한글 공부는 사치였다.

　"할머니, 지난번처럼 다 사라지면 어떡해요?"

　수업 이야기를 먼저 꺼낸 건 나였다. 할머니의 머릿속에 겨우 들어가 앉은 한글이 사라질까봐 걱정되었다. 지난겨울처럼 말이다. 물론 수업료를 받지 못하게 된 것이 큰 문제이기도 했다. 할머니는 내 말에 바로 반응했다.

　"시상에 선상님이 이제사 말씀허시네?"

　할머니도 내심 기다린 모양이었다.

　"숙제라도 내주든가."

　할머니가 공책을 내밀었다. 하루에 한 문장씩이면 한 달 동안 서른 개의 문장을 쓰게 된다.

　"할머니 우리 욕심부리지 말고, 하루에 한 문장씩 쓰기로 해요."

　나는 할머니의 노트에 첫 문장을 무엇으로 쓸까 고민했다. 할머니가 자주 하는 말이 떠올랐다.

　알아야 면장.

　나는 쓴 것을 또박또박 한번 읽었다. 할머니가 노트를 받으며 말했다.

"알어야, 면장. 그르치, 그르치요. 알어야 면장이라두 허지요."

할머니가 치마허리를 잡고 바깥으로 주욱 늘렸다. 치마 속 주머니에서 만 오천 원을 꺼냈다. 돈이 차곡차곡 쌓였다. 입시 연기 기초반 첫 달이 이십오만 원. 그다음 달부터는 월에 십오만 원. 현재 이십삼만 원이니까 등록 때까지 할머니와 한글 수업만 열심히 해도 첫 달 등록은 가능했다. 그러나 늘 그다음달을 생각하면 뿌연 안개 속이었다. 하지만 첫발. 그곳에 첫발을 딛는 게 내겐 너무 절실했다.

그사이 연극반에서는 겨울 축제에 올릴 무대를 준비하느라 정신이 없었다. 이제야 연극반다운 활동을 하는 것 같아 가슴이 뛸 정도로 좋았다. 축제 때까지 시간이 없어서 완전 새로운 이야기를 올릴 수는 없었고, 있던 이야기를 좀 바꾸어 대본을 만들기로 했다. 평소에 탁구만 열심히 치는 것 같던 2학년 언니들이 큰 역할을 했다. 언니들의 주도하에 대본이 완성되었다. 제목은 '신(新)심청전'. 심청이가 인당수에 빠지는 원래 이야기를 비틀어 결말을 바꾼 내용이었다.

오디션장은 강당에 마련되었다. 선생님 세 분과 작년 연극반 임원이었던 언니들까지 와서 심사를 봤다. 처음엔 안전하게 뺑덕어멈으로 가려고 했다. 주인공 심청이를 하기에는 여러모로 부담스럽기도 했고 초등학생 때 해본 것이기도 해서 자신이 있었다.

마음이 바뀐 건 엄마의 한마디 때문이었다.

"사람이 맨날 하던 것만 하면 쓴대?"

이번 대본에서의 심청이가 누구보다 당당한 캐릭터라는 것도 마음에 들었다. 아버지를 사랑하지만 그렇다고 순순히 뱃사람들에게 끌려가지 않는 심청이 역할에 욕심이 났다. 겨울에 볼 예정인 배우 아카데미 면접을 위한 연습이라고 생각하니 오디션 준비를 하는 게 덜 힘들게 느껴지기도 했다.

학교 숙제까지 포기하며, 오디션용 대본을 외우고, 틈날 때마다 연습했다.

가장 먼저 무대에 올라간 사람은 선우정 언니였다. 언니는 뺑덕어멈을 지원했다.

"자, 자기소개 간단히 먼저 하시고요."

유상렬 선생님의 말에 언니가 그 자리에서 철퍼덕 주저앉더니 하얀 실내화를 하나씩 벗어젖혔다. 그 실내화 하나를 한 손에 쥐고 심사위원들을 향해 팔을 뻗으며 말했다.

"여보슈, 내가 누군지 몰라서 자기소개를 하라는 거요? 나 몰라유? 이 동네에서 얼굴 이쁘고 성품 좋기로 소문이 자자한 뺑덕어멈이잖유?"

언니의 능청스러운 연기에 벌써부터 웃음이 터졌다. 민망한 기색 하나 없이 연기를 해내는 선우정 언니를 보자, 심청이를 지원한 게 다행이라는 생각이 들었다. 또 언니가 부끄러운 기색 하나 없이 연기를 하니까, 나도 덩달아 용기가 생겼다. 내가 선택한 대목은 여왕이 된 심청이가 뺑덕어멈을 처단하는 부분이었다. 가지고 있는 『배우 되기』책에서 나온 대로 배에 힘까지 딱 주고 우렁찬 소리로 대사를 읊었다.

"뺑덕어멈은 들으라! 평소 행실이 바르지 못하고 탐욕스럽다는 이야기를 들었노라…… 내 너를 절대 용서치 않을 것이다. 여봐라, 저 못된 여자를 끌어 옥에 가두라."

내 마지막 대사가 끝나자 어느새 무대에 올라와 있던 선우정 언니가 내 다리를 붙잡고 외쳤다.

"아이고, 살려주십시오!"

사람들이 박수를 치고 난리였다. 언니가 나를 꺼안으며 조용히 말했다.

"은동아, 너 진짜 잘했어."

그리고 그때 강당 문이 열렸다. 대본을 들고 석희가 저벅저벅 걸어오기 시작했다. 모두의 시선이 석희에게 몰렸을 때, 석희가 입을 열었다.

"저도 볼게요, 하고 싶어요."

석희 손에 오디션용 대본이 들려 있었다. 외우지는 못했는지, 대본을 들고 무대에 올랐다. 지원한 역할은 심청이었다. 석희가 대본을 천천히 읽기 시작했다.

"아버지."

이 한 단어만 뱉었을 뿐인데 모두의 눈과 귀가 석희에게 향했다. 선우정 언니처럼 능청스러운 것도, 나처럼 우렁찬 발성도 아니었지만 한 마디 한 마디에 묘한 끌림이 있었다. 석희의 목소리가 맞았지만 석희 같지 않았다. 차분하게 대사가 이어졌다. 아버지, 저 심청이 죽지 않고, 필히 돌아오겠습니다. 이 마지막 대사와 함께 석희의 눈에서 눈물이 흘렀고, 무대 아래 한 선생님이 눈물을 훔쳤다. 약간의 공백 뒤에 큰 박수 소리가 들렸다.

다음날 배역이 발표되었다. 선우정 언니가 뺑덕어멈이었고, 심청이는 석희였다. 나는 훗날 여왕이 되는 심청의 호위무사 '연화' 역할이었다. 사실 처음엔 석희에게 심청이를 빼앗긴 건 같아 속상했다. 하지만 연습이 거듭될수록 씩씩한 호위무사 연화에게 애정이 깊어졌다. 이제는 누가 심청이를 하라고 해도 거절할 판이었다. 그런데 축제를 삼 주일 앞두고 유상렬 선생님이 내게 이렇게 말했다.

"은동이가 심청이를 하면 어떨까."

긴급 상황이었다. 석희가 돌연 연습도 할 수 없고, 연극 무대에 설 수 없다고 선생님께 말한 것이다. 연습을 위해 모인 연극반 아이들은 황당해했고, 석희는 말없이 고개만 숙였다.

"뭐야, 장난해?"

우지혜 언니가 날 서게 반응했다.

"아니, 심청전인데 심청이가 빠지면 우찌되는 겨?"

선우정 언니의 장난스러운 말투에 아무도 웃지 않았다. 나 역시 할말이 없었다. 심청이를 하지 않겠냐는 선생님의 제안에는 울컥했다. 절대 하고 싶지 않았다.

석희가 나가고 늦은 밤까지 회의를 했지만, 심청이를 하겠다고 나서는 사람이 없었다. 곧 고3이 코앞인 선우정 언니와 우지혜 언니도 다시 시간을 내어 심청이를 연습할 수 없는 노릇이라고 했다. 심청이를 누군가 하면, 그 누군가의 기존 역할을 또 다른 사람이 대체해야 했다. 일주일이 넘게 심청이 역이 비자, 연습이 제대로 될 리가 없었다. 시간이 가까워지자 심청이 역할 하는 건 더 부담스러운 일이 되어버렸다. 축제를 이 주일 앞두고 결국 연극 무대가 취소되었다. 취소를 결정한 날, 허탈함이 밀려왔고, 분노의 화살이 석희에게 향했다.

다음날 복도가 소란스러웠다. 누군가가 내 어깨를 잡고 이야기했다.

"야, 대박. 니 베프 털리고 있어."

우지혜 언니가 석희를 복도에 불러 세워 노려보고 있었다.

"할말 없어?"

"죄송해요."

그 말 외에는 할 수 있는 말이 없을 것이다.

"야, 너 전교 1등이라서 다른 사람들이 다 우습지. 네가 이기적으로 치고 빠져도 다들 아무 말도 안 하니까 다들 병신 같고 그렇지?"

"아니에요, 정말 죄송하게 생각해요."

선우정 언니가 뛰어왔다. 우지혜 언니의 팔짱을 끼고 끌어당겼다.

"야, 그만해. 왜 이렇게 무서워, 너."

선우정 언니가 말려도 소용없었다.

"야, 선우정. 너 대표 얼마 안 남았다고, 애들 기강 안 잡냐? 적어도 도리는 지켜야 되는 거잖아."

아이들이 점점 석희와 우지혜 언니 쪽으로 몰려들었다. 수업종이 치고 나서야 아이들이 교실로 들어가기 시작했다.

"야, 진짜 죄송하면 연극반 와서 똑바로 사과해."

우지혜 언니가 거칠게 발걸음 소리를 내며 석희를 지나쳤다. 그러더니 다시 석희 앞으로 왔다.

"야, 너 우리 가지고 놀려고 연극반 들어왔냐?"

우지혜 언니는 매섭게 석희를 쏘아본 뒤 돌아섰다. 옆에 아무도 없이 고개를 숙이고 서 있는 석희를 모른 척할 수가 없었다.

"석희야, 이제 교실로 가자."

교실에 앉히고 석희의 등을 두어 번 쓸어주었다. 석희가 그대로 엎드리더니, 조용히 내 이름을 불렀다.

"은동아."

"어."

석희가 천천히 허리를 세우며 내게 말했다.

"내가 그렇게 잘못했어?"

그 순간 내가 알던 석희가 저멀리 우주 밖으로 달아나고 전혀 다른 존재가 앉아 있는 거 같았다. 내가 당황하자 석희가 다시 입을 열었다.

"아니야, 나도 알지, 알아. 근데 나도 이유가 있을 거잖아."

다시 그대로 엎드린 석희에게 아무 말도 하지 않고, 책상 위 메모장에 한 줄 썼다.

—석희야, 왜 그럴 수밖에 없었는지 이유를 말해주면 어떨까.

동아리방에 모두 모였다. 석희가 마련한 자리였다.

"연극 연습도 필요 없는데, 왜 오라 가라야."

우지혜 언니는 여전히 날 선 말을 뱉어냈다. 석희가 사람들이 빙 둘러앉은 가운데로 나갔다.

"너무 죄송해요. 너무 민망해서 직접 말을 못 했는데, 지혜 언니 말을 들으니깐 그게 예의가 아니었더라고요."

우지혜 언니가 시선을 다른 곳으로 돌렸다.

"저, 장난으로 연극반 들어온 거 절대 아니었어요. 진짜, 이런 민폐 끼치기 정말 싫었는데."

석희가 울컥했다. 애써 감정을 추스르는 게 보였다. 석희가 큼큼 소리를 내더니 다시 입을 열었다.

"어렸을 때부터 드라마를 좋아했어요. 제 꿈이 배우예요. 이런 말하면 비웃을 게 뻔하니까 어디 가서 말 못 했어요."

모두의 시선이 한번에 석희에게 집중되었다.

"그러니까 저 정말 연극이 하고 싶어서 연극반에 들어왔어요. 근데 제가 장학금도 받고 그래서 의무처럼 해야 할일들이 있어요. 법으로 정해진 건 아닌데, 도의상 지켜야 하는 것들이더라고요. 경시대회에 나가야 돼서 경시대회 대비 특보를 받아야 한대요. 교장 선생님한테 가서 부탁까지 드렸는데, 오히려 연극반에 대해서 나쁘게 말씀하시고. 제가 더 반기를 들었다가는 연극반에도 피해 갈까봐……."

선우정 언니가 분에 찬 목소리로 말했다.

"아, 교장 그 대머리, 빛나리 아저씨."

우지혜 언니가 풉, 하고 웃었다. 그러더니 다시 표정을 바꾸었다. 석희가 길게 자신의 이야기를 풀어놓자, 복도에서 석희를 몰아세울 때보다는 한결 온화해진 표정이었다.

"조석희, 그날 강당에서 그렇게 말해줬으면 우리가 그렇게 화내지는 않았을 거야. 정말 무시당한 기분이었다. 아무튼 너 때문에 우리 연극 무대 망한 거 잊지 마라. 우리도 아마 오래 못 잊을 거야."

석희가 다시 한번 꾸벅 허리를 굽혔다. 괜히 내가 더 민망해져 석희를 잡고 허리를 일으켜 세웠다. 다시 내가 알던 석희로 돌아온 것 같아 안심되었다.

연극반에 남아 석희와 야자 시간이 끝날 때까지 이야기를 나눴다.

"나도 드라마 되게 좋아했는데, 주말에 자는 게 너무 아까 웠어. 재밌는 드라마 못 보니까. 너도 어릴 때 많이 봤어?"

"아빠가 멀리 장사 나가실 때가 많잖아. 야시장에서 일하 시니까. 아빠 기다리면서 하루 종일 드라마를 봤어. 그냥 당 연히 내가 연기자가 될 줄 알았어. 웃기지?"

"그래서 지금은 꿈이 바뀐 거야?"

"이번에 오디션 볼 때까지 수백 번 고민하고 왔다갔다했 지."

석희가 갑자기 양손으로 자기 뺨을 두드리며 말했다.

"아, 조석희! 이제 정신 차려야지. 하고 싶은 걸 다 하고 살

수 없잖아. 나 아빠한테 효도해야 돼. 알지?"

"응?"

"아빠가 혼자 나 키웠잖아."

"배우 돼서 효도할 수도 있는 거지, 뭐."

"우리 아빠 나 연기하는 거 싫어해. 완전 질색팔색. 울기까지 했어. 그게 울 일이냐고. 학교도 학꼰데, 아빠 때문에 더이상 고집할 수가 없더라."

석희가 피식 웃더니 선언하듯 내게 말했다.

"나 진짜 이제 왔다갔다 안 한다. 그 결과가 너무 처참하잖아. 진짜 정신 차리고 공부나 할래."

솔직히 마음을 털어놓은 석희 앞에서 나도 무장해제가 되었다.

"석희야, 그거 알아? 너 때문에 나 미아 됐었다?"

어릴 적 너의 모습을 기억한다는 말에 석희가 손으로 입을 가리며 놀랐다. 나는 벚꽃 축제 야시장에서 가족들이 내가 없는 줄도 모르고 귀가했던 이야기를 하면서 웃다가 조금 울기도 했다. 석희가 내 어깨를 토닥이며 말했다.

"우리 둘 다 짠하다, 그치?"

그날 석희에게 누구에게도 하지 않은 나의 꿈도 털어놓았다. 나 역시 배우가 되고 싶다고 했을 때 석희의 깊은 눈이 반짝 빛났다. 석희는 내 쪽으로 몸을 기울이고, 진지하게 내 이야기를 들어주었다. 내 말을 허황되거나 장난으로 받아들이지 않았다. 그게 참 고마웠다.

"방학식 날에 바로 전주 갈 건데. 좀 떨릴 것 같긴 해."

이 말에 석희가 나의 손을 잡으며 말했다.

"나도 전주 갈 계획이었는데, 같이 갈래?"

*

뉴스에서는 연일 동파된 수도관과 추위 속에서 펭귄처럼 뒤뚱거리며 출근하는 도시 사람들을 비추어주었다. 어느 양식장 얼어버린 수면 아래에서 폐사한 물고기들이 화면을 가득 채우기도 했다.

"툭하면 얼어버리네."

엄마는 이렇게 말하며 슈퍼 밖에 진열했던 모든 채소를 안으로 들여야만 했다. 슈퍼는 더 비좁아졌다. 배달을 위해 온 가족이 슈퍼 안에서 대기할 때가 많았다. 가만히 앉아 있다 보면, 추위를 피해 안으로 들인 겨울 채소와 파래, 미역 줄기 따위에서 비린내가 났다. 그나마 동태 궤짝은 바깥에 있어서 다행이었다.

겨울방학식 날 일찍 하교하고 전주 학원에 갈 채비를 했다. 슈퍼에 들어가 책 사러 전주에 간다고 말하자 엄마는 의

구심 가득한 눈빛으로 나를 바라보았다.

"책 하나 사러 전주까지 간다고? 아니 옷은 왜 쫙 빼입었어, 은세 알면 난리 안 치겠냐?"

언니의 남색 코트를 입었다. 교복 물려주기 행사에서 언니가 선배에게 받은 것인데 방금 구입한 것처럼 올 하나 풀어지지 않고 깨끗했다. 정중한 코트 아래 투박한 운동화는 영 어울리지 않아 언니의 검은색 구두까지 신었다. 언니가 알게 되면 난리가 나겠지만, 배우 아카데미에 가는데 후줄근하게 갈 수는 없었다.

"이 추운 날 무슨 멋을 이렇게 냈냐고? 책 사러 가는 거 맞냐?"

그렇게 말한 엄마는 석희를 보자마자 누그러졌다. 그리고 곧바로 전주행을 허락했다. 석희 차비까지 넉넉히 챙겨줬다. 석희가 사려는 건 손민금 노트였다. 서울대 의대에 수석으로 입학한 전주여고 졸업생 언니의 전과목 필기 노트 복사본이었다. 전주여고 앞 문구점에서만 판다고 했다. 나의 목적은 따로 있었지만, 엄마에게 같은 이유로 둘러댔다.

차비에 문제집 살 돈, 그리고 배우 아카데미 등록 비용까지 지갑에 넣었다. 조금 양심에 찔렸지만, 나도 복사본을 살 거니까 거짓말은 아니라고 합리화하면서 전주행 시외버스에 몸을 실었다. 여행 가는 것처럼 설렜다.

시외버스 터미널에서 시내버스를 타고 도착한 전주여고 앞 문구점은 생각보다 컸다.

"와, 역시 큰 도시라 다르네."

내 말에 석희가 고개를 끄덕였다.

문구점은 모든 물건이 말끔하게 정돈되어 있었다. 너무 칼 각으로 정리되어 있어 물건을 살펴보기가 조심스러울 정도였다.

"이 정도면 광기 아니니?"

내 말에 피식 웃던 석희가 카운터에 다가가 사장님에게 손민금 노트를 사러 왔다고 말했다. 손민금 노트는 카운터 뒷벽 책꽂이에 있었다. 손민금 언니의 아빠이기도 한 문구점 사장님은 노트 복사본을 건네며 말했다.

"학생들도 서울대 꼭 가자."

한없이 맑은 미소로 덕담을 건네는 아저씨에게 알 수 없는 거리감을 느끼며 우리는 황급히 문구점을 나왔다.

"석희야, 너 시간 없으면 먼저 정읍으로 돌아가도 돼. 나 혼자 갈 수 있어."

석희가 고개를 젓고, 팔짱을 꼈다.

"나도 구경 좀 하자."

그렇게 함께 배우 아카데미로 갔다. 우리는 안내 데스크 앞 의자에 앉아 대기했다. 삼십여 분이 지나 내 앞으로 한 여자가 섰다. 승무원처럼 자세가 곧고 외모가 수려한 여자는 자신을 오인아 실장이라고 소개했다. 배우 아카데미 벽에는 이곳을 지나간 수많은 배우들의 사진이 걸려 있었다. 박샛별의 드라마 스틸컷 사진은 단연 돋보였다. 맑은 눈에 눈물이 그렁그렁한 흑백 사진이었다. 가슴이 뛰었다.

"일단, 오늘은 면접과 간단한 상담이 있습니다."

"네."

오인아 실장의 안내에 따라 면접실로 들어갔다. 문을 열어주던 실장이 의자에 앉아 손민금 노트를 훑어보는 석희를 불렀다.

"친구도 같이 들어와요. 혼자 있으면 심심하잖아."

석희가 엉거주춤하더니 책을 내려놓고 일어섰다.

"일단 오은동 학생. 우리는 수강료를 낸다고 무조건 수업을 들을 수는 없어요. 그건 알고 왔죠?"

"네."

"일어나볼까?"

내가 일어서자 실장이 나를 머리부터 발끝까지 천천히 훑었다. 뒤에 앉아 있는 석희가 신경 쓰였다. 나가라고 할 수도 없고, 고역이었다.

"노래 한 곡 해볼까?"

"네?"

노래라니. 보컬 학원에 온 것도 아니고 갑자기 노래를 시키자 당황스러웠다. 못하는 것 중 하나가 노래였다. 석희가 보고 있다고 생각하니 얼굴이 달아올랐다. 머릿속이 하얘졌다. 나중에 올게요, 하고 나가고 싶은 정도였다. 하지만 여기까지 어떻게 왔는가. 이대로 포기할 수는 없었다. 눈을 꼭 감고 입을 열었다. 떠올린 노래는 이승환의 '덩크슛'이었다. 밝고 명랑하고 진취적이면서도 낭만과 환상이 느껴지는 노래.

"덩크슛 한 번만 할 수 있다면 내 평생 단 한 번이라도 얼마나 짜릿한 그 기분을 느낄까 주문을 외워보자 야발라바히야 야발라바히야……"

나의 의지와 상관없이 경직되고 꽉 조여진 목구멍에서는 세상에서 가장 구슬픈 '덩크슛' 노래가 흘러나왔다.

"네, 수고했어요."

애써 웃음을 참으려는 듯한 오인아 실장의 표정이 읽혔다. 아니나 다를까 오인아 실장이 쓰린 한마디를 했다.

"친구야, 이거 신나는 노래야. 어떡해, 구슬픈 발라드가 됐잖아요."

다음은 로미오와 줄리엣 대본이었다. 흐트러진 정신을 잡기 위해 노력했다. 종이를 들고 깊이 숨을 들이마신 뒤, 천천히 뱉어냈다. 내 호흡 소리만 공간을 채웠다. 여기가 아무도 없는 우리집 방안이라고 생각했다. 들이마시고, 내쉬고 다시 천천히 숨을 들이마시고 내쉬었다. 머릿속이 조금 맑아지고 뛰던 가슴이 가라앉았다. 실장의 목소리가 평화를 깼다.

"거기, 뒤에 학생. 친구 좀 도와줄래요?"

어리둥절하며 석희가 내 옆으로 오더니 손을 꽉 잡아주었다.

"떨지 마, 파이팅."

겨우 가라앉혔는데, 석희의 응원에 되레 가슴이 다시 뛰었다.

"친구가 로미오, 오은동 학생이 줄리엣."

석희가 입을 열었다.

"저는 그냥 읽으면 되는 거죠."

실장이 환하게 웃으며 고개를 끄덕였다. 수줍은 목소리로 석희가 로미오의 대사를 먼저 읽었다.

"줄리엣, 우리의 사랑을 저기 달에 두고 맹세하리다."

"안 돼요, 로미오. 변덕스러운 달은 날마다 변하잖아요. 당신도 달처럼 변할까봐 무서워요."

로미오와 줄리엣이 이렇게 느끼했던가. 그래도 석희는 차분하게 내 상대역을 충실히 해주었다. 석희가 대사를 크게 읽었다.

"그럼 무엇에 두고 맹세할까요?"

긴장이 풀린 나의 목소리는 더 커지고 단단해졌다.

"맹세하지 마세요. 꼭 하시려거든 당신에게 하세요. 당신은 제가 믿고 우러러보는 신이니까요."

나는 사랑에 빠진 순진무구한 줄리엣의 목소리로 대사를 읽었다. 이제 뭔가 흐름을 탄 것 같았다.

"네! 수고했어요."

더 잘할 수 있었는데 끊겼다. 그래도 노래보다는 연기에서 선방한 것 같아 마음이 한결 나았다. 이곳은 연기 학원이니까.

"앉아볼까요?"

석희는 다시 벽에 붙은 의자로, 나는 실장 책상 가까이 붙은 의자로 가서 앉았다. 오인아 실장은 내 신상이 적힌 종이를 뚜껑이 닫힌 펜으로 툭툭 두드렸다. 오늘 긴장한 것 같았지만 앞으로의 가능성이 보였고, 오늘 등록을 하고 내일부터 본격적으로 수업에 들어가자는 이야기가 나오길 바랐다.

"오은동 학생! 배우를 꼭 하고 싶어요?"

오인아 실장의 이 한마디에 아까 노래시킬 때처럼 가슴이 뛰기 시작했다. 그리고 그 뛰는 가슴은 오인아 실장이 한마디를 더하자 차갑게 식어버렸다.

"끼를 좀더 키우고 오자. 응?"

순간 정신이 멍해졌다. 태연하게 알겠다고 대답하고 돌아서고 싶었지만, 보이지 않는 손이 내 목을 틀어쥐고 있는 것만 같았다. 아직 시간이 있다. 기회가 있어. _스스로를 다독이_

는 수밖에 없었다.

그렇게 돌아서는데 실장이 머뭇거리는 목소리로 나를 다시 불렀다.

"음…… 저기 학생!"

다시 생각해보려는 걸까. 장난기가 많은 분인가. 나를 더 기쁘게 하기 위해 극적인 상황을 연출한 건가. 뒤돌아보는 그 찰나에 내 머릿속을 훑고 지나간 그 모든 예측은 빗나갔다. '저기 학생'은 내가 아니었다. 실장의 손끝이 석희를 가리켰다.

바깥에서 한참을 기다렸다. 이십여 분이 지나고 석희가 나왔다. 석희는 얼굴이 벌겋게 달아올라 상기되어 보였다. 좀처럼 보기 힘든 표정이었다. 석희의 눈도 함께 벌게져 있었다. 석희는 울었던 것일까. 이십여 분 동안 무슨 일이 일어났는지 너무 궁금했다. 무슨 일이냐고 묻자 석희는 또 뜸을 들였다.

"잠깐만 있다가 말해줄게. 잠깐만."

따뜻한 곳에서 바깥을 나오자, 칼바람이 얼굴을 할퀴었다. 아직 저녁도 아닌데 밤처럼 캄캄했다. 찬 공기에 눈이 시렸다. 정읍행 버스에 올라타서야 방금 생각난 듯 무심하게 물었다.

"아, 맞다. 아까 그분이 뭐래? 왜 부른 거야?"

석희가 잠시 망설이더니 조심스럽게 입을 열었다.

"아, 학원에 장학금 제도가 있대."

"아, 그래? 신기하다."

이 말만 하고 눈을 감고 잠을 청했다. 한 시간 내내 단 한숨도 자지 못했고, 머릿속은 온통 뒤죽박죽이었다. 구두를 뚫고 들어온 냉기에 발끝이 시렸고, 찢어질 것 같은 통증이 밀려왔다.

슈퍼에 얼굴만 비치고 바로 집으로 달려갔다. 깜깜하고 차가운 길을 혼자 걸으니 눈물이 쏟아졌다. 한 손에는 석희를 따라서 산 요약 노트 복사본이 든 비닐을 꽉 쥐고, 다른 한 손으로는 연신 눈물을 닦았다. 모든 게 망해버린 혹한의 겨울밤이었다.

*

내 마음과 상관없이 얼음은 녹고 봄이 찾아왔다. 겨울방학 내내 전주여고 손민금 언니의 요약 노트 복사본을 읽고 또 읽었다. 『배우 되기』 책과 희곡집 따위는 쳐다보기도 싫었다. 한글 공부를 하자는 할머니에게는 파업을 선언했다.

"할머니, 이제 고등학교 2학년이라서 내 공부하기도 바빠요."

꿈을 잃은 자는 이토록 차가워질 수 있다. 모아둔 돈으로 문제집을 사고 독서실을 끊었다. 고1 겨울이 얼마나 중요한 시기인지를 듣고, 공부에 매진하기로 했다. 마음에 무언가 독한 게 부글부글 끓었다. 겨울 보충수업 기간 동안 연극반 대표를 뽑는다는 공지가 올라왔지만 아무런 관심도 없었다.

"은동아, 대표 안 뽑히면 연극반 문 닫아야 돼. 정말이야."

선우정 언니와 우지혜 언니가 우리 교실까지 찾아왔지만, 단호하게 고개를 저었다. 내 몸 안팎에서 찬바람이 쌩쌩 불었다.

개학을 앞두고, 따뜻한 바람이 불기 시작했다. 여기저기 얼려 있던 곳이 녹아 축축하게 흘렀다.

"은율이 데리고 집 들어가. 학습지 시키고."

슈퍼에서 잠시 뒹굴뒹굴하다가 은율의 손을 잡고 집으로 들어갔다. 할머니는 은율의 학습지 몇 개를 들고 부엌 쪽에서 방으로 들어가는 중이었다. 은율의 학습지 중에는 다 채우지 않은 게 많았다. 버리려고 모아둔 철 지난 것 중 쓸 만한 것을 골라온 모양이었다.

"할머니 내 꺼 왜 가져가요?"

은율이 할머니 손에 든 학습지를 가리키며 갸우뚱했다.

"안 하고 버리는 거 아깝잖냐?"

할머니는 은율이가 비워놓은 부분에 색칠도 하고 글씨도 써넣었다. 글씨는 은율의 것과 대번에 차이가 났다. 진하고 또박또박 크게 쓰는 쪽이 은율이었고, 그에 비하면 할머니의 글씨는 아직 힘이 없어 보였고 옅었다. 더욱이 할머니는 은율이

보다 맞춤법을 더 틀렸다. 은율은 끊어 적기에 적응하고 있었지만, 할머니는 갈 길이 멀었다. 할머니가 그동안 혼자서 한글 공부를 하고 있었다고 생각하니 울컥했다. 배우 아카데미에서의 좌절감에 허우적대느라 할머니를 돌아볼 새가 없었다.

슈퍼 일을 마치고 식탁 의자에 앉아 은율의 학습지를 흐뭇한 미소로 넘겨보던 엄마처럼 나도 할머니의 학습지를 천천히 넘겨보았다. 가끔 보이는 할머니의 글씨가 반가웠다. 은율과 비교해보면 한없이 부족했지만, 과거의 할머니 글씨에 비하면 훌륭한 발전이었다. 학습지의 친절한 질문에, 할머니도 다소곳이 대답해놓았다.

―오늘은 기분이 어떤가요.

조치요.

―그런 기분을 느낀 이유를 써 보아요.

봄빠라미 부니깨요.

다용도실의 작은 창으로 따뜻한 봄바람이 불어왔다. 창 너머 벚나무의 붉은 꽃망울이 가로등에 비춰 선명하게 보였다. '봄빠라미 부니깨요' 할머니에게 조금만 더 가르쳐주어야 하나, 그런 마음이 뭉글뭉글 피어올랐다. 이제 수업료를 모을 필요가 없지만 말이다.

*

봄바람은 소문 하나를 싣고 왔다. 그것은 며칠 공중에서 빙빙 돌더니 우리 발끝으로 떨어졌다. 그리고 이내 땅속으로 발아해 싹을 틔웠다. 엉터리마트가 무너진 자리에서 그리고 외국계 대형마트가 쫓겨난 자리에서 그것은 자라났다.

'샘골마트'

아빠에게 새로 지어지는 마트 이름을 전해 들었을 때, 엄마의 한마디는 이랬다.

"한 대 맞은 것 같네."

마트라는 말은 여전히 입에 붙지 않았지만, 샘골은 익숙한 단어였다. 우리 고장 정읍시의 옛 이름이 샘골이었다. 초등학생도 아는 사실이었다. 이 동네에 샘골이라는 간판을 건 가게가 많았다. 샘골문구, 샘골제과, 샘골뜨개방도 있다.

얼마 가지 않아 바로 이 '샘골마트'라는 명명이 엄청난 힘을 가지고 있다는 것을 깨달았다. 한 대 맞은 것 같다던 엄마는 이 이름이 가진 무시무시한 힘을 예감한 걸까.

소리 소문 없이 신축 허가를 받고 지어지는 샘골마트를 저지하기 위해 아빠가 가장 먼저 한 일은 작년에 입었던 빨간 조끼를 꺼내는 거였다. 카운터 아래 박스에서 접혀 있던 조끼를 탈탈 털자 먼지가 일었다. 아무리 털어도 오래 접혔던 선은 여전히 삐죽하게 솟아 있었다. 등판에 새겨진 '신토불이'도 그대로였다.

"참나, 상대가 다른데 똑같이 움직이고 있네."

엄마는 작년과 똑같은 명분과 방식으로 시위하는 슈퍼 연합회의 움직임을 못마땅하게 생각했다.

"쥐도 새도 모르게 신축 신청이 통과되었는데, 당신은 그럼 뾰족한 수라도 있어?"

아빠는 마치 변명하다가 골이 난 아이처럼 엄마에게 쏘아붙였다.

"뾰족한 수?"

가게 바닥을 쓸던 엄마가 아빠를 바라보았다.

"각자 알아서 살아남는 게 뾰족한 수요."

엄마는 다소 냉정한 말로 이렇게 대답했고, 아빠는 고개를 저으며 자리를 피했다.

다음날 아빠는 엄마가 말한 그 똑같은 방식으로 서명지를 또 가져왔다. 할머니는 조금 신이 난 것처럼 보였다. 자신이 가족 구성원 중에 제일 잘 할 수 있는 일이 바로 서명을 부탁하는 일이었다. 작년 할머니의 실적은 대단했다. 성공의 경험이 할머니의 가슴을 뛰게 했는지 모른다. 할머니는 아빠가 서명지를 가지고 온 날부터 슈퍼에 있는 시간이 늘었다.

분위기가 달라졌다는 걸 아는 데는 얼마 걸리지 않았다. 기꺼이 서명해주는 사람이 줄었다. 심지어 거부하는 사람도 많았다.

"우리도 발전해야죠, 발전."

"샘골마트, 이거 우리 지역 기업이라던데. 마다하기가 좀 그렇잖아요."

서명지를 내민 할머니에게 아이 가르치듯 긴 설명을 하는 사람도 있었다.

"우리 시가 발전하면요. 제일 먼저 우리 시로 사람이 들어와요. 그 사람들 가만히 있나요? 밥 사 먹고, 옷 사 입고요. 네? 그러면 이 슈퍼에도 손님이 하나 더 늘겠죠. 안 그래요?"

그 말끝에 그만 '그러네요'라고 호응을 할 뻔했다.

"같이 먹고 살아야쥬. 큰 마트가 생겨버리면, 작은 데들은 다 망한다잖어."

할머니가 어깨 너머로 아빠에게 들은 내용을 손님들에게 전했지만 역부족이었다. 어떤 아주머니는 서명지에 적힌 '샘골마트' 단어를 손가락으로 짚으며 말했다.

"이 사람 수억 들여 건물 올렸을 것인데, 이거 반대하면 쫄딱 망할 거 아니에요."

그렇다. 샘골마트라는 이름 앞에 신토불이라는 말도, 지역 경제 보호 명분도 더이상 힘을 발휘하지 못했다. 촌스럽고 뻔한 이름이었지만 그 어떤 단어보다 강력했다.

샘골마트는 무럭무럭 자라났다. 어느새 공사 가림막을 넘기며 키를 키우고 모양새를 갖추었다. 샘골마트 건물은 상대가 당황한 틈을 타 재빠르게 승기를 잡는 힘센 상대 팀 같았다. 더이상 넘어설 상대 팀이 보이지 않게 거대해진 외관은 뽀얗게 빛났다. 주변과 좀처럼 어울리지 않았음에도 세련된 외관을 보면 감탄이 절로 나왔다. 발전, 발전이라는 건 이런 건가. 커지고 빛나는 것.

외환 위기의 칼바람 속에 중단된 공사가 많고, 팔려나간 건물도 많다는 뉴스는 딴 세상 이야기인 듯했다. 며칠 전 슈퍼에 와 있던 신자 아주머니는 내가 묻지도 않았는데 뉴스를 바라보며 내게 이런 말을 했다.

"원래 부자들은 이럴 때 돈을 번단다."

찬바람과 따뜻한 바람이 교대로 찾아오는 봄날에 샘골마트는 빠르게 자라났지만, 그사이 나는 단 얼마큼도 자라지 못하고 퇴행하는 기분이었다. 한겨울 석희와 전주여고 손민금 언니 노트 복사본을 사고, 배우 아카데미에 다녀왔던 날부터 나는 크게 변했다. 그날 이후 화가 났고, 이내 침울해졌다. 양손을 불끈 쥘 때도 있었다. 이 화가 정확히 어디를 향하고 있느지는 알 수 없었다. 연기 학원, 석희, 나를 부풀게 했다가 맥없이 단번에 무너뜨린 꿈 자체인가.

오랫동안 내가 품어왔던 그곳은 나를 잔인하게 떨어뜨리고 갑자기 튀어나온 조석희를 선택했다. 나는 단번에 맥없이 무너져버렸다. 그날부터 연기에 '연'자도 꺼내기 싫었다. 그런 내 자신이 너무 싫었고, 그러다가 이내 무언가가 마구 그리웠다. 나는 방황하고 있었지만, 2학년 담임 선생님은 다르게 평가했다.

"오은동 2학년 되더니 정신 차렸네?"

1학년 때 신청하지 않았던 일요일 자율 학습을 순순히 신청했더니, 담임 선생님은 따로 불러내 성적 상담도 해주었다.

어디로 향하는지 모르는 분노는 나를 공부하게 만들었다. 공부라도 하지 않으면 정말 별 볼 일 없는 사람이 되어버릴 것 같아서였다. 생각해보면 중학교 때도 공부를 꽤 하는 편이었다. 부모님께 인정받은 길이기도 했고, 나중에 연기 학원에 가기 위해 쌓는 마일리지 같은 것이기도 했다. 공부를 열심히 하는 걸 보여줘야 뭐든 야무지게 해내는 아이라고 신뢰를 얻을 수 있을 터였다. 이유는 또 있었다. 방송에서 종종 연예인들의 생활통지표를 공개하곤 하는데, 나 역시 나중에 배우가 되면 내 생활통지표를 전 국민에게 공개해야 할 날이 올지도 몰랐다. 그동안 나름 성적을 내기 위해 노력했던 건 이런 이유 때문이었다.

"너 정읍여중에서 방학 때 보충했겠네?"

담임 선생님은 중학교 석차 자료까지 보며 말했다. 생각해보면 중학교 3학년 때 나름 선발 집단이었다. 전교 40등 안에 들어 여름방학 보충수업을 했으니 말이다. 우수한 아이로 선발되어 보충수업을 무료로 받고, 간식을 먹었다. 그때의 기분은 어떠했던가. 공부에 그렇게 열의가 없었고, 다른 꿈으로 가득 찬 여중생이었다. 그런데도 으쓱한 기분이었다. 최소한 무시당하지 않는 느낌. 보호받는 느낌. 특별반 아이들도 그런 기분일까.

선생님은 전력 질주하라고 주문했다. 그러면 가능하다고 말이다. 선생님이 대학 배치표를 펼치더니, 우리 지역 사범대에 손가락을 짚었다. IMF 사태를 겪으며 행정학과, 사범대, 교대의 인기가 급부상했다. 합격 점수도 당연히 높아졌다.

공무원이 최고고, 그중에서 여자는 교사가 최고라고 선생님마다 이야기했다. 내가 되고 싶은 거 되는 게 최고 아닌가요. 그런 반문은 입 밖으로 낼 수 없었다. 현실을 직시하라는 충고를 받을 게 뻔했으니 말이다.

현실 직시. 2학년이 되어 가장 많이 듣는 말이었다. 여전히 그 현실이 무엇인지 도무지 알 수 없었다. 많은 사람들이 가리키는 방향이 현실적인 방향인 걸까. 가능성이 낮은, 어울리지 않는 꿈을 꾸는 것과 반대쪽인.

나는 2학년이 되어 사람들이 말하는 그 현실 직시를 하며 움직였다. 〈공부가 가장 쉬웠어요〉 류의 책들을 읽었고 그런 책에서 얻은 좌우명을 책상 앞에 붙였다. 이 시대가 요구하는 안정적이고 현실적인 직업을 보장하는 학과를 받아 적었다. 4월 모의고사는 1학년 때에 비해 30점이나 높게 나왔다. 그런데도 담임 선생님은 말했다.

"애매하다, 애매해."

잔뜩 미간을 찌푸린 채여서 그다음 더 독한 말이 나와도 참자고 마음을 정리하던 차였다.

"애매하다는 건 말이야, 가능성이 있다는 말이기도 해."

예상 밖의 말에 대답 없이 멍하게 있었다. 선생님이 입을 열었다.

"은동아, 너 말이야. 이것 좀 봐라."

전교 등수가 적힌 종이였다. 나도 모르게 맨 위를 봤다. 역시 조석희였다. 담임 선생님은 2학년과 3학년 2년 동안 최선을 다한다면 등수를 올릴 수 있다고 북돋웠다.

"나, 죽었소 생각하고, 응? 피똥 싸면서 하라고."

"저, 선생님. 그렇게 하면 목표를 이룰 수 있을까요?"

"열심히 해서 안 되는 것도 있지만, 일단 열심히 해야 가능성이 있는 거지."

석희는 연기를 위해 무엇을 열심히 한 걸까. 노력하지 않아도, 콧대 높은 연기 학원에서 장학생 제의를 받았다. 태어날 때부터 모든 걸 가지고 태어나는 사람이 있는 걸까.

"하여튼 독하게 해, 독하게."

"네."

"아참, 너 그 연극반 계속할 거니? 그거 도움 안 되는 건 알지?"

알다마다요. 속으로 그렇게 답했다. 연극이라면 지긋지긋했다. 그럼에도 아직 탈퇴는 하지 않았다. 1학년 때부터 불만이었지만, 대표도 아직 뽑지 못하고 준비하던 연극마저 제대로 망해버린 지금 더욱이 필요 없는 동아리였다. 그런데 학기 초 탈퇴 신청 기간을 놓쳤다. 놓친 건지 놓치고 싶은 건지 모를 일이었다.

"오은동!"

일요일 자습을 끝내고 집으로 돌아가는 길에 석희가 나를 불렀다. 석희 입에서 전혀 예상치 못한 말이 나왔다.

"나, 다음주부터 다녀."

"응? 어딜?"

"배우 아카데미."

나는 멍하니 석희를 바라보았다. 갑자기 석희가 나를 껴안

왔다.

"아빠가 배우 아카데미 허락해줬어. 나 진짜 행복해죽겠다. 오은동."

불과 얼마 전, 연극반에서 양손으로 두 뺨을 두드리며 연기를 포기했다고 하지 않았었나. 이제 공부만 할 거라고. 왔다 갔다하지 않을 거라고 내게 말한 석희였다.

나를 껴안은 석희가 갑자기 징그러워서 빨리 몸을 뗐다. 석희 머리 위로 보이는 붉은 벚꽃 꽃망울이 보였다. 세상에서 가장 잔인한 벚꽃 꽃망울이었다. 날이 분명 따뜻했지만, 구두를 신은 발끝이 몹시 시렸던 시외버스 안으로 다시 들어간 것만 같았다.

석희에게 뭐라고 해야 할지 몰랐다. 그렇게 겨우 나온 한마디는 이거였다.

"너, 공부해야 하잖아. 주말 자습 학교에서 빼줄까?"

"나, 일단 둘 다 잘해보려고. 주말 자습은 전주로 과외받으러 간다고 하면 빼주고."

교문 앞 횡단보도에서부터 갈림길이 나오는 샘골마트 앞까지 걸어오면서 우리는 단 한마디도 하지 않았다. 무슨 말을 꺼내려고 해도 도무지 생각나지 않았다. 석희가 자기 집 쪽으로 몸을 돌릴 때, 겨우 '잘 가'하고 인사를 나눴다.

"은동아!"

석희가 저만치에서 멈추더니 나를 불렀다. 석희는 뭔가 애절한 눈빛으로 내게 큰소리로 외쳤다.

"배우 아카데미 다시 안 가볼래?"

그때 느낀 감정은 치욕감이 분명했다. 거절당한 곳을 다시 가보라는 말의 저의가 궁금했다. 지난번 들러리 역할만으로 부족했나. 그렇게 생각하자 순간 울컥하더니, 목이 덜덜 떨렸다.

나는 숨을 천천히 크게 들이마셨다. 지난겨울에 읽은 『배우 되기』 책이 떠오른 건 무슨 조화란 말인가. '발바닥 전체로 땅바닥을 누르듯 힘을 주고 서세요. 배에 힘을 꽉 주고 어깨를 폅니다. 고개를 들어 앞을 바라보고 중저음의 목소리를 가슴 울림소리로 내어봅시다' 친절한 목소리가 내게 속삭이는 것 같았다. 목소리가 시키는 대로 발끝과 배에 힘을 주고 어깨를 폈다. 그리고 삼 미터쯤 떨어진 석희를 향해 외쳤다.

"나는!"

다행이었다. 목소리 끝이 떨리지 않았다. 목소리가 제법 굵직하게 나와 만족스러웠다.

"거기 별로."

집으로 돌아가는 내내 머리를 쥐어박고 싶은 심정이었다. 길가에 떨어진 사탕을 괜히 발로 짓이기다가 걷어차버렸다. 그 말 밖에는 없었을까. 겨우 한다는 말이 '나는 거기 별로'라니.

석희는 대체 어떤 아이인가. 은세 언니보다 더 어른스럽고 배려심 깊은 석희였다. 나와는 다른 길을 걷는 아이였고, 그래서 석희의 성취에 질투나 긴장감 따위를 느낀 적이 없었다. 석희와 나 사이는 평화로웠다. 안전했다는 말이다. 그러나 지금은 그 평화로운 공간에 알 수 없는 끈적하고, 뜨겁고, 날카로운 것들이 뒤섞여 나를 공격하는 것만 같았다.

*

"치사하다. 치사한 놈들이야, 아주."

슈퍼 문을 열었을 때 아빠의 격앙된 목소리가 들렸다. 슈퍼 연합회에서 회의를 마치고 온 아빠는 나보다 더 심통이 나 있었다. 엄마는 좀처럼 보기 힘든 긴장된 얼굴로 아빠를 바라보았다. 아빠는 한숨을 내쉬다가 어이없다는 표정으로 웃기까지 했다.

"이놈들이 우회 입점을 했어."

"우회 입점? 그게 뭔 소리예요. 알아듣게 이야기를 해봐."

엄마는 하던 일을 멈추고 아빠 옆으로 다가가 앉으며 자세한 설명을 요구했다.

"샘골마트를 사 간 거야. 우리가 작년에 몰아낸 대형마트 놈들이 말이야."

내가 들어도 기막혔다. 샘골마트가 우리 지역 토종 기업이라는 걸 내세워 허가를 받고, 그 직후에 외국계 대형마트가 샘골마트를 사버렸다는 거였다. 이름도 샘골마트에서 '쌤마트'로 바뀌었다고 했다.

우회 입점이라는 수법을 쓴 쌤마트에 대한 여론은 좋지 않았다. 두어 번 지역 뉴스에도 보도되었다. 건물은 멀쩡히 완성되었지만, 문을 열지 못했다. 정읍시에서 쌤마트의 개점 신청을 승인하지 않았기 때문이었다.

문을 열지 못한다고 해서 예전 엉터리마트처럼 낡지 않았다. 오히려 반대였다. 문을 열지 못했지만 그사이 주차장과 마트 주변 도로까지 정비되었다. 그리고 마지막으로 간판까지 달았다. 간판의 규모와 스타일은 그동안 봐온 것과 확연히 달랐다. 크지만 단정했고, 눈에 띄었지만 거슬리지 않았다.

'쌤마트'

새로운 간판이 올라갔지만 여전히 샘골마트라고 부르는 사람이 있었다. 썸마트, 썽마트, 쏨마트, 쌤인가 쌈인가 하는 마트 등으로 불렸다. 쌤마트는 주민 설명회와 공청회를 열었다. 일자리 창출, 정읍시 농수산물 판매, 장학금 지원 등을 내세웠고, 어렵지 않게 사람들을 설득해나갔다.

"물건까지 싹 다 들여놨다는데 뭘."

"안에 있는 거 썩어나가겠다. 아휴."

슈퍼에서 수다를 떨던 한 아주머니는 쌤마트 걱정을 하다가 지레 엄마 눈치를 봤다. 학교에 오가다 보면 번듯하게 지어놓고 문을 못 여는 마트를 바라보며 혀를 끌끌 차는 어른들도 있었다.

야간 자율 학습이 끝나고 돌아가는 길 벽에 걸린 'SSAM Mart' 영어 글자에서 빛이 났다. 글자 자체가 조명이었다. 이어서 건물 위, 어느 집 방 한 칸은 될 만한 크기의 메인 간판에 불이 켜졌다. 마지막으로 입구에 기둥처럼 세워진 입간판이 빛났다. 그 이후로도 저녁이 되면 마트 간판에 불이 켜졌다.

"훤해서 좋다."

골목으로 들어가던 한 할머니가 그렇게 말했다. 그 말이 어쩐지 좀 서운했다. 이후로 쌤마트는 밤만 되면 간판을 켰고, 그것은 더없이 훌륭한 동네의 가로등이었다.

*

하교 후 집에 들어가자 할머니가 방으로 나를 불렀다.

"은동아, 나 희한한 꼴을 다 본다잉."

"뭘요?"

할머니는 어이가 없다는 듯 나를 흘겨보기까지 했다.

"학생이 공부 안 허겄다고 말허는 건 들어봤어도야, 선상님이 공부 안 갈치겄다고 하는 꼴은 또 내 생전 처음."

할머니와 한글 수업을 하지 않은 게 세 달을 넘어가고 있었다.

"인제 대그빡이 돌땡이마냥 굳어져갖고 하루만 안 혀도 잊어버린다 말이다."

이제 수업료도 필요 없었다. 내 코가 석 자였다. 그러나 할머니의 결연한 눈빛에 어떻게 휴교 선언을 해야 할지 망설여졌다.

"글고 말이다."

할머니가 잠깐 뜸을 들였다.

"선불을 받고 내빼면 도적년 아니냐?"

생각해보니 미리 받은 수업료가 있다. 졸지에 도적년이 되어버렸다.

"오늘부터 혀라. 많이 기다렸응게. 제대로, 정식으로 가르쳐, 응?"

머리가 복잡했다. 뭔가를 설명하고 격려할 마음의 여유가 없었다. 하지만 할머니 말처럼 돈값을 해야 했다. 그런데 갑작스럽게 정식으로 가르치라는 주문은 또 뭔가. 곰곰이 생각하다가 먼저 할머니의 실력을 점검하기 위해 시험을 보기로 했다. 학습자에게 적당한 긴장감과 자기 실력을 직시할 수 있게 해주는 데에 시험만 한 것이 없으니까.

"시험을 본다고야?"

"이게 정식으로 하는 거예요."

"그러냐? 원래 이르케 미리 말도 안 허구 시험 보는 게 정식이냐?"

"실력을 알아보려면 미리 말 안 하는 게 정식이죠."

할머니는 시험도 보기 전에 식은땀을 흘렸다. 곧바로 받아쓰기 시험에 돌입했다.

"1번 문제 황서은. 황서은."

할머니의 얼굴에 미소가 번졌다. 또박또박 이름을 썼다. 받침이 없는 단어를 세 문제 낸 뒤 받침 있는 단어를 냈다. 받침 있는 단어까지 제법 제대로 적어 내려갔다. '황서은, 아가, 나주, 이사, 홍시, 정읍, 교희, 다람지' 물론 완벽하지 않았지만 말이다. 그러나 문장으로 넘어가자 심각해졌다. 잘 쓰던 단어까지 틀렸고, 띄어쓰기도 잘 안 되었다. 연음되는 부분을 모두 소리 나는 대로 썼다. 겨우리대니추어요. 보미오면 따드타지오.

할머니가 보는 앞에서 과감하게 빨간 색연필로 점수를 줬다. 틀린 부분은 세게 그었다. 무엇부터 할머니에게 가르쳐주어야 하는지 순간 막막해진 탓에 줄을 긋는 손에 힘이 들어갔다. 시험지를 건네자 할머니가 눈을 흘겼다.

"너, 둘째. 독헌 줄 몰랐다. 시상에."

"네?"

할머니가 시험지를 내 얼굴 앞에서 거세게 흔들었다.

"작대기를 왜 똥글배기보다 더 크게 치냐?"

"할머니."

나는 숨을 고르고 말했다.

"틀린 것을 더 크게 봐야, 실력이 늘어요. 정식으로 해달라며."

자못 진지하게 둘러댔고, 할머니의 목소리가 줄어들었다.

"그러냐. 알았습니다. 선상님."

일단 틀린 문장을 새 노트에 써주었다.

겨울이 되니 추워요. 봄이 오면 따뜻하지요.

겨우리로 들리는데 겨울이로 써야 하는 이유를 묻는 할머니에게 그저 이렇게 말할 수밖에 없었다. 약속. 약속이에요, 할머니. 일단 그렇게 말하자 할머니는 정확히 이해는 안 가지만 선생님을 위해 이해된 척하는 착한 아이처럼 고개를 끄덕이고 숙제를 시작했다.

처음 할머니에게 한글을 가르치며 느낀 막막함과는 또 다른 막막함이 몰려왔다. 할머니 이름도 알고 이제 단어도 곧잘 쓰니까. 이 정도에서 만족하고 사는 게 내 정신 건강에 좋을 것 같았다. 자연스럽고 조용하게 할머니와의 한글 수업을 끝내고 싶었다.

그런데 공부를 멈춘 지 세 달 만에 비장한 각오로 내게 수업 재개를 요구한 것이다. 심지어 정식으로 가르치라는 주문까지. 갑자기 할머니의 학업에 대한 열망이 커진 것이 궁금했다.

"할머니 꼭 정식으로 배워야겠어요?"

"너 그 싹퉁머리 없는 점빵 말이다. 쌩인가 썽인가 허는 마토 말이다. 그놈의 점빵 간판 올라갔단 이야기 못 들었냐? 멀쩡한 사람덜 속여갖고 점빵 문 열었다 안 하든?"

한글을 정식으로 배우려는 이유를 묻는데 할머니는 간판 이야기였다.

"기가 안 죽을라믄 이거라도 정식으로 배워놓으려고 그런다."

"그렇다고 매일은 조금 힘들지 않을까요?"

할머니는 동문서답이었다.

"문을 여는 순간 황서은이를 만나야 혀."

할머니는 마치 핀 스폿을 받고 독백 대사를 뱉는 여배우 같았다.

*

석희와 다시 말을 튼 건 5월 모의고사가 끝난 날이었다. 모의고사를 치른 날은 야간 자율 학습이 필수가 아닌 선택이었다. 야자를 하겠다고 남은 아이들은 한 반에 서너 명 정도여서 자습 감독 선생님은 도서관으로 아이들을 몰았다.

도서관의 넓은 열람실에도 사람이 꽉 채워지지 않았지만 그래도 한데 모이니 좀 나았다. 아이들의 숨소리, 문제집 넘기는 소리, 몰래 이야기하는 소리가 리듬처럼 공기 중을 떠돌았다. 웅크린 아이들 틈에서 유독 자세가 바른 석희의 뒷모습이 대각선으로 보였다.

여덟시가 되자 감독 선생님이 들고 있던 지휘봉으로 도서실 게시판을 툭툭 쳤다. 아이들의 시선이 모이자 선생님이 입을 열었다. 오늘은 특별한 날이니 야자를 일찍 끝내준다는 것이었다. 공부하겠다고 스스로 남았지만, 자율 학습 종료 선언에 나도 모르게 얼굴이 환해졌다. 환호성을 지르는 아이도 있었다. 짐을 챙기는데 내 뒤에서 누군가 속삭였다.

"담임들 오늘 회식이라서 일찍 보내주는 듯."

석희였다. 석희가 아무 일도 없었던 것처럼 구니까, 나도 자연스럽게 예전처럼 대꾸했다.

"넌 모르는 게 뭐냐."

"그나저나 열시 전에 나오니까 뭔가 이상하다. 암튼 좋다."

길을 걸으며 우리는 오랜만에 두런두런 이야기했다. 석희는 요새 전교권 아이들이 참여하는 특별 보충수업을 일주일에 두 번이나 듣는다고 했다. 1학년 때는 한 번이던 게 늘어났다고 힘들어했다. 야자 끝나고 두 시간, 자정까지 수업을 받는다는 거였다. 내가 궁금한 것은 그게 아니었다.

곧 갈림길이었다. 한참 학교 이야기를 하는 석희의 말을 끊고 급하게 물었다.

"배우 아카데미는 다녀왔어?"

"어?"

나의 질문에 석희는 아연한 표정이었다. 나는 그 표정이 담긴 의미를 빠르게 읽어냈다. '고민은 좀 했는데 결국 안 갔어. 그동안 까맣게 잊고 있었는데, 네가 말하니까 깜짝 놀랐다'라고 말이다.

"다녀오다니? 이번 주말에 가면 다섯번째야. 한 달도 넘었잖아."

완벽한 오독이었다. 석희는 요즘 흐트러짐 없는 꼿꼿한 자세로 쉬는 시간에도 문제집을 풀었다. 야간 자율 학습 감독 선생님을 붙잡고 안 풀리는 문제를 복도에 서서 끈질기게 묻고 있는 모습도 봤다. 그런 모습을 보고 나 혼자 오판한 것이었다.

"너 전주 안 가는 줄 알았어."

'안 가길 바랐던 건 아니고?' 다행히 석희는 그렇게 묻지 않았다. 대신 이렇게 말했다.

"최대한 티 안 내려고."

"힘들지 않아? 평일에는 공부하고, 주말에는 시간 쪼개서 전주 가야 하고."

"은동아."

"응?"

어두운 골목을 겨우 밝히고 있는 가로등 아래에서 석희가 멈췄다. 그리고는 입을 열었다.

"나, 요즘 너무 행복해."

가로등 빛 세례를 받으며 석희는 환하게 미소를 지었다.

"아카데미 갈 생각에 목요일부터 떨려. 그 힘으로 숨쉬는 기분이라고 해야 하나?"

나도 모르게 호응했다. 물론 심약한 목소리였다.

"알지."

석희가 걸음을 멈추더니 '와'하고 탄성을 뱉어냈다.

쌤마트였다. 어둠 속에서 혼자 빛나는 왕국 같았다. 야간 개장을 한 놀이동산처럼 환하게 빛나는 쌤마트 마당을 앞에 두고 우리는 입이 떡 벌어졌다. 오늘 유독 야자를 빠지겠다는 아이들이 많았던 이유를 그제야 알았다. 마트 앞마당에 우리 학교 교복을 입은 아이들이 가득했다.

개점 최종 승인을 받았다는 소식은 진작 들었다. 주민 설명회 덕분이라는 것도. 단 한 번의 주민 설명회로 여론은 쌤마트 개점을 향해 급격히 기울었다. 시청에서 주최한 쌤마트 개점 주민 설문조사에서 무려 팔십 퍼센트가 넘는 사람들이 찬성표를 던졌다는 말을 아빠에게 전해 들었다.

"쉬는 시간에 애들이 쌤마트 어쩌고 하더니. 오늘이 개점 날이었구나."

석희의 목소리가 꿈결처럼 들렸다. 하얗고 거대한 마트 건물은 환한 조명을 받고 있었다. 마트의 넓은 마당 한가운데에서는 저녁인데도 개점 이벤트로 시끌벅적했다. 양손 가득 구매한 물건과 예쁘게 포장된 선물을 한아름 안고 가는 사람들의 표정이 즐거워 보였다. 마트 직원들이 어깨에 쌀이나 박스 따위를 얹고 손님의 뒤를 활기차게 따라 걸었다. 마당 한쪽에는 놀이동산에서나 볼 수 있는 바이킹과 회전목마가 보였다. 물론 말도 안 되게 작은 사이즈였다. 화려한 조명을 단 기구에 탄 어린아이들이 꽥꽥 소리를 질렀다. 석희가 픕, 하고 웃음을 터뜨렸다. 나는 웃지 않고 조용히 중얼거렸다.

"완전 잔칫날이네."

우리 필성슈퍼에도 그런 날이 있었다.

선물 세트의 날. 명절 전 음식 장만을 위한 장보기가 끝나고 명절 당일부터는 선물 세트의 날이었다. 육십 와트짜리 전구 여러 개가 슈퍼 차양에 걸린다. 주인공 자리가 바뀌는 것이다. 새벽부터 엄마와 아빠는 채소를 다 안으로 들여놓고 과일 상자, 참치 세트, 식용유 세트, 치약과 샴푸 따위가 들어 있는 선물 세트를 바깥에 진열했다. 공백 없이 선물 세트가 넘쳐나는 것처럼 보이기 위해 안에 있는 상자란 상자는 모두 밖으로 나온다. 베지밀 박스, 꼬마 병 음료수 박스까지 말이다. 주황빛 불 아래에서 알록달록하면서도 정갈한 선물 세트를 보면 벅차오르기까지 했다. 옆에 놓인 플라스틱 의자에 우리 가족은 최소 두 명이 한 팀이 되어 앉아 손님을 기다렸다. 큰길가이고 아파트 단지로 들어가는 길목이라 많은 차들이 멈춰서 선물 세트를 사 갔다. 어떤 때는 열 개나 넘게 사 가는 사람도 있었다. 그러면 엄마와 아빠의 얼굴에 즐거움이 담뿍 넘쳤다. 아빠가 선물 세트를 트렁크에 싣고 있으면, 엄마는 베지밀이나 꼬마 병 음료수 세트를 집어들어 고마운 손님 차에 실어주었다.

명절 기간에는 원래 문 닫는 시간 보다 두 시간이나 늦게 문을 닫았지만, 밤늦게 고향에 도착한 사람들과 늦은 밤 간식거리나 술안주 따위를 사러 오는 사람들 덕분에 슈퍼가 북적였다. 이상하게도 우리는 모두 피곤하지 않았고 즐거웠다. 엄마가 언니와 나에게 천 원씩, 은율에게는 오백 원을 쥐여주던 순간이 생각나 나도 모르게 미소가 번졌다.

'은동아, 나 요즘 행복해.'

집으로 혼자 돌아가는 길 내내 석희의 목소리가 따라왔다. 내 어깨보다 낮은 어느 집 담벼락을 지나며 생각했다. 천장이 낮고 벽 한쪽이 허물어지는 낡은 왕국이라고 할지라도 어둠 속에 빛나는 장소. 아무도 몰라줘도 내 안에서 빛나는, 많은 이야기가 살아 있는 나만의 왕국. 그것을 나는 완전히 잃어버린 걸까. 혹시 내가 버린 건 아닐까. 그런 생각에 휩싸여 걸었고, 저 멀리 우리 필성슈퍼가 보였다.

슈퍼에 도착하자 내부가 유난히 어두침침했다. 슈퍼의 조명이 원래 저랬나 싶을 정도였다. 아홉시도 되지 않은 시각인데 손님이 단 한 명도 없었다. 슈퍼 안은 작은 텔레비전에서 나오는 소리뿐이었다. 엄마는 기척 소리에 화들짝 놀라더니 이내 실망한 눈빛을 거두고 나를 맞이해주었다. 그러곤 한마디했다.

"오늘 저녁 진짜 누구 하나 안 올 모양이다."

그 말을 들은 아빠가 헛웃음을 쳤다. 개업 이래 처음 있는 일이라고 했다.

"에이 설마, 담배 사러 오는 아저씨는 있었겠지."

저녁엔 그마저도 없었다는 거였다. 정말 단 한 사람도 슈퍼에 오지 않았다는 말에 슈퍼 안과 밖을 한번 둘러보았다. 가방을 내려놓고 카운터 옆 평상에 앉았다. 전기 패널 덕분에 뜨끈했다.

빵 진열대를 서성이던 엄마가 나를 불렀다.

"집에 전화해서 다들 나오라고 해."

엄마는 슈퍼 뒤에 있는 간이 부엌에서 휴대용 가스레인지와 프라이팬을 가지고 왔다.

"그걸 왜 들고 와."

아빠가 엄마에게 타박 조로 물었다.

"맛난 거나 만들어 먹읍시다."

"얼매나 맛난 것을 만들어줄라고 오밤중에 식구들을 모다 부르냐?"

할머니가 흥이 난 목소리로 슈퍼 문을 열고 들어왔다.

엄마는 케첩 하나를 뜯고, 냉장고에서 비엔나소시지를 꺼냈다. 서울우유 냉장고에서 마가린과 치즈까지 가져왔다. 언니는 재료들 틈에 있는 식빵 봉지를 들더니 이내 짜증을 냈다.

"이거 날짜 지났어, 엄마."

"하루이틀은 괜찮아."

"뭐가 괜찮아. 이러다 식중독 걸리면 어떡해."

"야, 너희 우유며 빵이며 날짜 지난 거 그동안 먹어도 아무 탈 없었어. 설마 못 먹을 거 주겠냐."

언니는 여전히 삐죽댔다. 엄마는 아랑곳하지 않고 달군 프라이팬에 마가린을 쓱쓱 발랐다. 곧이어 자글자글 마가린이

끓었다. 그 위에 식빵을 올리고 숟가락으로 케첩을 퍼 발랐
다. 얇게 썬 비엔나소시지를 올리고 그 위에 노란 치즈까지
얹었다. 은율이가 소리쳤다.

"우와, 피자다. 피자."

엄마는 고개를 숙여 불 조절을 했다. 눈을 가늘게 뜨고 불
을 최대한 약하게 줄였다.

"은동아, 뚜껑."

나는 충실한 조수가 되어 엄마에게 커다란 냄비 뚜껑을 건
넸다. 투명한 뚜껑이어서 치즈가 살살 녹기 시작한 게 보였
다. 우리는 머리를 모으고 뿌옇게 김이 서린 뚜껑 아래 피자
빵을 신기하게 바라봤다. 살림은 할머니 몫이어서 엄마가 이
런 걸 만들어주는 게 낯설고 설렜다.

"이렇게 피자가 만들어진다고요? 어떻게 안 거예요?"

엄마가 턱짓으로 평상 한쪽에 있는 두꺼운 『여성동아』 잡
지를 가리켰다. 접힌 페이지에는 몇 가지 요리 레시피가 적혀
있었다. '남은 식빵으로 피자빵 만들기. 엄마 최고. 아이들이
엄지를 치켜세울 맛. 주의! 모차렐라 피자를 사용해야 식감이
좋습니다' 잡지에는 그렇게 쓰여 있었다. 그리고 치즈가 죽
늘어나 있는 식빵 사진이 보였다.

시계를 보던 엄마가 휴대용 가스레인지 불을 끄고 뚜껑을
열었다. 새콤하고 구수한 냄새가 섞여 하얀 김과 함께 확 올

라왔다. 엄마는 기다리라고 엄포를 놓은 뒤 잡화가 쌓인 구석에 가서 일회용 하얀 접시와 플라스틱 포크까지 가지고 왔다.

"오늘 판 거보다 더 나오겠네."

아빠가 농담처럼 말하며 웃었다. 우리는 아빠 말이 들리지도 않았다. 엄마가 접시에 피자빵을 담아 가장 먼저 할머니에게 건넸다. 할머니는 호기심을 보이긴 했지만 포크로 치즈를 노크하듯 살짝 몇 번 두드리더니 이내 인상을 썼다.

"뭔 노랑내가 난다, 이거. 너거들이나 먹어라."

내가 다시 드셔보라고 말하자 할머니는 고개를 세차게 저었다.

"때려죽여도 못 먹겠다."

엄마는 예상했다는 듯 할머니 접시를 가져와 빵을 한 입 크게 베어먹었다.

"괜찮네."

곧이어 우리도 따끈한 피자빵을 먹었다. 구워진 빵이 구수했다. 부드럽지만 묵직하고 조금 느끼한 치즈 맛이 새콤한 케첩과 섞여 균형이 맞았다. 감칠맛이 도는 소시지까지 씹히자 맛이 일품이었다. 빵 위에 얹은 것이 모차렐라 치즈가 아니어서 잡지 사진처럼 늘어나지 않는 건 좀 아쉬웠지만 말이다.

눈 깜짝할 새에 우리는 각자 몫을 모두 먹어치웠다.

"세상에, 우리 새끼들 이렇게 잘 먹을 줄 알았으면 더 만들

것을."

엄마는 아쉬움에 입맛을 다시는 우리들을 향해 짠한 눈빛을 보내며 말했다.

엄마가 프라이팬 설거지를 마치고 돌아오자 언니가 말했다.

"문 일찍 닫아야 하는 거 아니야?"

사실 문을 닫아도 이상할 게 없었다. 피자빵을 만들고, 뒷정리할 때까지 누구도 오지 않았다. 시간은 열시를 넘어갔다. 우리의 눈이 아빠에게 쏠렸다. 카운터에 앉아 있던 아빠가 입을 열었다.

"우리 열두시 전에 문 닫은 적이 없어."

아빠는 그 한마디로 문 닫을 의향이 없음을 전했다. 엄마도 거들었다.

"문 닫기 직전에도 달려오는 사람 있는데. 닫으면 안 되지."

언니가 음료수 하나를 가져와 마시며 말했다.

"내일 아침에라도 좀 늦게 열어야 되는 거 아니야?"

엄마와 아빠가 동시에 웃었다.

"사람 좀 안 왔다고, 문을 늦게 여는 가게 있디?"

어딘가에는 있을 테지만, 엄마의 말을 듣자 세상의 어디에도 그런 가게는 없을 것만 같았다.

손님이 찾아오지 않아도 문을 여는 마음에 대해 생각했다.

새벽 여섯시 차가운 셔터 끝을 잡아 힘차게 올리는 아빠의 뒷모습이 그려졌다. 여는 시간 여섯시, 닫는 시간 열두시는 법으로 정한 건 아니었지만, 스스로 선택한 시간이었고, 우리 슈퍼만의 신성한 약속이었다.

열한시가 넘어가자 엄마는 가족들에게 집으로 들어가라고 했다. 하지만 우리는 어쩐지 외로운 섬에 엄마, 아빠를 두고 가는 것만 같아 망설였다. 할머니도 마찬가지인 듯했다. 할머니는 괜히 걸레를 들고 물건의 먼지를 닦으며 돌아다녔다. 물건을 닦으며 능숙하게 물건 이름이나 브랜드 이름을 읽었다. 얼마 전 재개된 한글 수업에서 할머니는 다시 열의를 보였다. 그렇다고 예전처럼 일주일에 세 번을 할 수는 없었고, 금요일마다 한글 수업을 하기로 했다. 대신 숙제는 매일 내주기로 하고 말이다. 할머니는 숙제를 단 한 번도 빼먹지 않고 해내며 실력을 키워나갔다.

열두시를 십 분 남겨두고 전화벨이 울렸다. 아빠가 전화를 받았다.

"아직 문 닫을 시간 아니에요. 말씀하세요."

아빠가 전화를 끊더니 우리를 향해 말했다.

"서울우유 일 리터짜리 하나. 502호!"

우리 셋이 벌떡 일어나 우유를 챙겼다. 502호라는 말에 막내 은율이까지 우리를 따라왔다. 몇번 바구니 배달을 할 때

데려간 적이 있었다. 우리는 거스름돈을 받아들고 슈퍼 뒷마
당으로 갔다.

"내려온다!"

은율이가 5층에서 내려오는 바구니를 올려다보며 손뼉을
쳤다. 자정의 밤공기 속에 은율의 가뿐한 박수 소리가 싱그럽
게 울렸다.

바구니에 담긴 오천 원짜리를 꺼내고 우유와 거스름돈을
바구니에 넣었다. 우리가 머리 위에 팔로 둥근 원을 만들자
천천히 바구니가 올라갔다. 샛노란 바구니가 달처럼 보였다.

희한하게도 석희가 떠올랐다. 각설이 아빠의 천막 기둥을
한 팔로 감싸 안고 발끝으로 땅을 파던 아이. 언니처럼 의젓
하게 나를 챙겨주던 모습. 너무 행복하다고 말하며 환하게 웃
는 모습까지 말이다. 얼마 전 나를 수치스럽게 했던 석희의
제안이 새삼스레 떠올랐다.

'같이 다시 가볼래?'

그 말이 하필 왜 지금 떠오른 것일까.

*

아무도 오지 않는 그 밤, 생각보다 우리는 괜찮았다. 마음
한켠에 손님들에 대한 섭섭함이 흐르긴 했지만. 슈퍼 문을 연

이래 가족 모두가 모여 오붓하고 여유롭게 시간을 보낸 것이 처음이었다. 언니도 꽤 즐거웠던 모양이었다. 한마디했다가 할머니에게 등짝을 맞았다.

"맨날 이랬으면 좋겠다."

"아무리 애새끼래도 저르케 철딱서니가 없어야, 응? 오메, 아니네. 애새끼도 아녀, 낼모레 큰 애기여."

말이 씨가 된 걸까. 쌤마트의 기세는 대단했다. 개점 날 북적이지 않는 가게는 없다고 말하며 담담했던 엄마도 당황하는 기색이었다. 그래도 시간이 더 지나면 시들해질 거라고 믿는 것 같았다. 그러나 개점한 지 한참이 지나도 쌤마트를 향한 사람들의 열기는 사그라지지 않았다. 매일 초특가 세일 품목이 있었고, 그걸 사기 위해 사람들이 앞다투어 달려갔다. 모두가 힘든 IMF시대에 저렴한 것을 찾아 나서는 것은 당연해 보였다.

그런 분위기 속에서 우리 필성슈퍼의 매출은 곤두박질쳤다. 제법 사이좋게 슈퍼를 운영하던 엄마와 아빠 사이에 의견 충돌이 생기기 시작했다. 슈퍼의 수도세며 전기세, 대리점에 송금할 돈을 계산하던 아빠가 한숨을 푹푹 쉬기 시작했다.

"전기세도 안 나오겠어."

아빠가 두어 번 슈퍼를 돌더니 뒤편 조명을 꺼버렸다. 조명이 절반 꺼진 슈퍼는 더 초라하게 느껴졌다. 슈퍼를 청소하던 엄마는 기겁했다.

"은세 아빠 뭐하는 거야, 손님 더 떨어지라고?"

엄마는 스위치를 눌러 다시 슈퍼를 환하게 밝혔다. 아빠가 보란 듯 다시 불을 끄며 말했다.

"아껴야 될 거는 아껴가면서 해야 될 거 아니야."

아빠의 목소리가 심상치 않았다.

쌤마트 이후 가장 큰 문제는 좀처럼 크게 다투는 법이 없던 엄마와 아빠가 자주 싸우게 된 것이었다. 며칠 전 채소와 과자 구색 등을 맞추려던 엄마와 아빠가 의견이 맞지 않아 투닥거리고 며칠 동안 서로 말을 안 해서 분위기가 가라앉았다. 서로 어색하게나마 다시 말을 하는 모습을 보고 안심한 지가 얼마 되지 않았는데 벌써 큰소리였다.

"저 여편네가 한가한 소리를 하고 있어. 불 켜면 환한지 몰라서 지금 내가 이래, 응?"

일촉즉발의 상황에서 할머니가 엄마 편을 들었다.

"밖에서 봐라. 구신 나오는 집도 아니고. 장사하는 집이 불이라도 훤해야지. 손님 떨어지라고 고사를 지내는 거여, 뭐여?"

아빠가 다시 슈퍼 뒤편으로 가며 내게 말했다.

"은동아, 할머니 모시고 집으로 얼른 들어가."

"옴마, 노인네 쫓아내냐. 시방?"

할머니가 소리를 높이자 엄마도 눈짓하며 내게 할머니를

부탁했다. 할머니와 팔짱을 끼고 한 손으로는 어깨를 감쌌다.

"할머니, 집에 같이 가요. 얼른."

할머니는 힘껏 내 팔을 뿌리쳤다.

"다리 병신도 아닌데 부축허냐?"

괜한 심통이었다. 아빠는 그사이에 다시 불을 껐다.

"옴마! 이렇게 사람 말을 허투루 듣고."

그 자리에서 꿈쩍도 안 할 것 같은 할머니에게 귓속말을 했다.

"우리 공부해야죠, 공부. 오늘 금요일."

할머니는 못 이기는 척 슈퍼 밖으로 나왔다. 집으로 들어가는 그 짧은 시간 동안 할머니의 입에서는 한탄과 걱정이 연이어 터져나왔다.

"내년, 내후년은 바라지도 않고 한 5년 뒤라도 짓는다고 했는디."

그놈의 마을회관 이야기. 하마터면 그렇게 내뱉을 뻔했다. 때만 되면 나오는 레퍼토리였다. 할머니의 지상 최대 목적이 마을회관인 것 같았다.

"마을회관을 꼭 지어야 해요?"

나의 질문에도 할머니는 자신이 하고 싶은 말만 했다.

"우리 업신여긴 양반들, 우리 아덜이 지어준 회관에서 궁둥짝 붙이고 앉아서 놀고먹고 그러믄서 뭐라고 할랑가. 응?"

이미 마을회관이 지어진 것처럼 할머니 얼굴에 뿌듯한 미소가 피어올랐다. 그러다가 금세 웃음기를 거두었다. 할머니가 걸음을 멈췄다.

"저기 부동산 집 여자 아니냐? 순잔가 신잔가 하는 여자."

신자 아주머니였다. 우리 슈퍼의 오랜 단골이고, 이런저런 슈퍼 밖 소식을 전해주는 엄마의 친구이기도 했다. 쌤마트의 소식을 가장 먼저 물어다 준 것도 신자 아주머니였다.

할머니와 한글 수업을 시작한 여름날, 엉터리마트에서 장을 잔뜩 봐오는 걸 창 너머로 목격한 일을 차마 엄마에게 말하지 못했다. 나만 아는 비밀 같은 순간이었다.

아주머니가 이번에는 차 트렁크에서 비닐이 찢어질 듯 물건이 잔뜩 든 쌤마트 봉투를 꺼내느라 안간힘을 쓰는 중이었다. 할머니가 신자 아주머니 곁으로 가며 말했다.

"노인네 힘이라도 보태야겠네."

다가오는 할머니를 보고 신자 아주머니는 사색이 되어서 손사래를 쳤다.

"이럴 힘은 아적 있다네."

할머니가 다정스레 말하고 봉투 꺼내는 것을 거들었다.

현관문 앞까지 가주겠다는 할머니의 말에 아주머니는 겨우 할머니를 떼어놓고 도망치듯 뒤뚱거리며 돌아갔다. 나는 멀찍이 서서 조마조마한 마음으로 그 모습을 지켜볼 뿐이었다. 할머니는 내게 다가오며 입을 비죽거렸다.

"이놈 저놈 따지믄서 찔끔찔끔 사 가더니. 쌤마트서는 많이도 샀네."

"알았어요?"

할머니는 피식 웃으며 말했다.

"참네. 여적 까막눈인 줄 아냐?"

그러더니 할머니가 노래를 흥얼거렸다.

"님이라는 글자에 점 하나만 붙이면 도로 남이 되어……."

문 앞에서 할머니가 노래를 멈췄다.

"그것이 뭔지도 몰랐으면 어쩔 뻔했냐. 기가 맥힌다, 기가 맥혀."

신자 아주머니가 쌤마트에서 잔뜩 장을 봐온 게 기가 막힌 건지, 봉투 속 글자를 파악해버린 자신이 기가 막힌다는 건지는 알 수 없었다.

"알어야 면장이라도 혀, 알어야."

또 그 말이었다. 할머니는 한글을 배우며 자주 그 말을 했다. 알아야 면장이라도 한다. 할머니는 이번엔 공부하는 상과 마주한 벽에 그 말을 쓴 종이를 붙였다. 알어야 면장. 피식 웃음이 나왔다.

"공부라도 허자, 공부라도. 알아야 면장이라고. 얼른 앉어 봐라."

학습 의욕이 충만한 할머니의 눈빛이 빛났다. 의욕적인 학생 앞에서 가방도 풀지 못하고 할머니 상에 노트를 놓았다.

"시상에 어느새 한 권 마칠 때 됐다."

할머니 말처럼 노트는 금세 끝을 향하고 있었다. 여러 번의 손길에 낡고 부푼 노트를 한 장 한 장 넘겨보았다. 할머니의 이름을 비롯한 혈육의 이름을 지났다. 익숙한 이름이 사라지고, 낯선 이름의 향연이 펼쳐졌다. 서명지의 이름들이었다. 뒤이어 콩, 콩나물, 시금치, 두부, 필성슈퍼와 우리 주공 아파트 이름이 나왔다. 글씨는 점점 정갈해졌다. 무엇보다 힘이 느껴졌다.

할머니의 글자 획에 이렇게 힘이 생기는 동안 나는 무엇을 해내고 있었을까.

할머니에게 내줄 숙제를 궁리했다. 교회 이름과 목사님 이름, 은혜 주단이나 성도 방앗간 같은 친한 몇몇 집사님과 권사님들의 가게 이름은 이미 여러 번 썼다.

그럼 이제 무엇을 써야 할까.

그것이 무엇이든 간에 할머니와 닿아 있는 것이면 좋겠다고 생각했다. 콩나물, 은혜 주단처럼 말이다. 직접 몸에 닿지 않아도 마음에 가닿을 수 있는 단어들. 공책을 펴고 천천히 썼다.

'금의환향'

"그것이 끝이냐? 돈값을 혀."

학구열이 넘치는 학생에게는 너무 적은 양이었다. 할머니가 중얼거리던 노래 가사를 떠올렸다.

"뭐가 이렇게 질다랗대?"

"할머니 천천히 읽어봐요."

분명히 아까는 리드미컬하게 읊조렸던 노래 가사였다. 글자로 써서 들이미니, 한 글자 한 글자 더듬더듬 읽었다.

'님이라는 글자에 점 하나만 찍으면 도로 남이 되는 장난 같은 인생사.'

남이 되어버린 님들은 계속 늘었다. 조금씩 눈치를 보던 사람들도 휴가철이 되자 당당히 마트 물건을 가득 짊어지고 우리 슈퍼 앞을 지나갔다. 반복이라고 하는 게 그렇다. 면역이 되어 조금씩 괜찮아졌다. 그렇다고 섭섭한 마음이 사그라지는 건 아니었지만 말이다.

"사장님, 여기 없는 거."

어떤 아주머니는 마트에 판다는 전자 모기향을 대표로 보이며 지나가기도 했다. 그러나 그것 외에 봉투에 담긴 물건들은 거의 다 우리 슈퍼에 있는 것들이었다. 쌈장, 튜브, 냉동 삼겹살, 과자와 음료수도.

이웃 문구점은 폐업 준비를 한다고 했다. 학교 앞이 아니어도 아파트 아이들이 오가며 이것저것 샀는데, 마트에서 문구류까지 파는 바람에 손님이 급격히 줄었다고 했다. 우리와 문구점은 문구점과 슈퍼 중 어디에 있어야 하는지 애매한 물건들 때문에 종종 묘한 기 싸움을 하곤 했다. 문구점에서 과자와 음료수 개수를 늘리자, 우리는 박스 테이프를 팔았다. 하도 찾는 사람이 많아 매직을 갖다 놓자, 문구점에서는 아이스크림을 팔기 시작했다. 그럴 때마다 볼멘소리를 하곤 했지만, 최소한 서로의 눈치를 봐가며 균형을 맞춰갔다.

엄마와 아빠는 문구점 아주머니처럼 문을 닫겠다는 이야기는 한 번도 한 적이 없었다. 다만 줄어든 매출을 올리려고 안간힘을 썼다. 엄마는 예전처럼 나가지 않는 채소를 보며 머리를 굴렸다. 곧 시들해지는 열무로 김치를 만들고, 나물도 무쳤다. 처음에는 당장 내일만 되도 시들 것 같은 채소가 아까워서 만든 거였다. 그걸 비닐 팩에 담아 단무지, 햄 따위가 든 냉장고에 넣었는데 생각보다 반응이 좋았다. 우연히 열무김치를 사 먹었던 103동 새댁이 다시 열무김치를 찾았다. 엄마는 이것이 어쩌면 활로가 될 수도 있다고 생각하는 것 같았다. 채소 외에 오징어채로 조림을 만들고, 콩자반도 만들어

포장했다.

그러는 동안 동네의 슈퍼들은 마트 간판을 새로 달기 시작했다. 나들슈퍼도 나들마트, 성은슈퍼도 성은마트가 되었다. 작은 구멍가게들도 모두 마트로 바뀌었다. 필성마트. 어쩐지 필성슈퍼보다 그럴싸하게 들렸다.

"마트라고 바꾼다고 사람들이 더 오냐?"

내가 이름을 마트로 바꾸자고 제안하자 엄마가 코웃음을 치며 말했다.

아무튼 우리 필성슈퍼는 점점 그 이름값을 못 하는 가게가 되어가고 있었다. 맥주 몇 병이나 초저녁에 반찬거리들을 배달했지만, 그마저도 점점 줄었다. 시들어버리는 채소들이 다시 늘었고, 그래서 가짓수를 줄일 수밖에 없었다. 구색을 갖추는 것을 어떤 것보다 중요시하던 엄마도 더이상 고집할 수가 없었다. 숙주나물을 사러 왔다가 돌아가는 사람, 생선을 사러 왔다가 돌아가는 사람들이 늘었다. 악순환이었다.

우리는 우리대로 문제집이나 준비물을 살 때 눈치가 보였다. 학교에 내는 급식비, 보충수업비 등은 어떻게든 기한을 맞춰 납부하던 엄마와 아빠의 원칙도 흔들리기 시작했다. 가게의 각종 공과금과 물건값도 빠듯하게 처리하는 눈치였다.

엄마와 아빠는 이 상황을 개선하기 위해 부지런히 고민했다. 우리는 두부 한 모나 소주 한 병, 과자 몇 봉지까지 배달도 부지런히 했다.

"그나마 배달이라도 하니까 물건이 나가는 거야."

엄마는 이렇게 말하며 배달의 중요성을 강조했다.

그러니 작지만 요란한 경차의 등장에 넋이 나간 사람처럼 몇 초간 멈춘 것도 이해가 되었다.

모의고사를 본 덕에 초저녁에 슈퍼에 도착한 날이었다. 엄마를 도와 슈퍼 앞을 함께 쓸고 있던 때였다. 경차 한 대가 슈퍼 앞을 지나 아파트 단지로 들어가는 게 보였다. 입구 방지턱을 넘느라 속도를 줄이는 경차를 바라보았다. 차의 옆구리와 뒤쪽까지 요란한 홍보 문구로 도배되어 있었다.

'모든 고객을 가족처럼 쌤마트. 따르릉 한 통이면 집 앞으로 배달. 각종 채소, 고기, 반찬도 있어요.'

위태롭게 방지턱을 넘은 뒤, 쌩 달려나가는 경차의 꽁무니를 바라보았다. 작은 경차가 단단하고 무서운 탱크 같았다. 그날부터 경차는 더 자주 나타났다. 엄마 말로는 오전에 두 번, 오후에 세 번이나 온다고 했다. 할머니도 단지 앞에 세워진 쌤마트 배달차를 만났다. 심지어 배달 기사의 홍보 대상이 되었다.

"시상에 내가 가겟집 할매인지도 모르고 나헌티 선전하는 종이를 꺼내주단 말이다. 할머니 여기로 전화해서 배달시키세요, 이럼서 말이다. 나 참 기가 맥혀서. 말도 안 나오더라."

할머니는 전단지로 부채를 만들어 부치며 말했다.

그런 뒤 며칠 지나지도 않아 쌤마트는 2연타를 날렸다. 셔틀버스가 등장했다. 쌤마트라는 글자가 적힌 미니버스가 슈퍼 앞에 멈췄고 사람들이 두 손 가득 장 본 물건을 들고 낑낑대며 내렸다. 몇은 눈치를 보기도 했고, 엄마는 부러 못 본 척을 했다.

"세상에 저것이 뭐다냐?"

할머니가 버스에 적힌 글자를 읽었다.

"쌤마트? 저짝 그 큰디?"

나는 고개를 끄덕였다.

"혀도 너무 허네? 섬에서 바지락 캘 적에도 싹 안 쓸어간다. 쌤마트 그놈의 것들 너무 헌다. 버스까정 돌려가꼬 싹싹 손님들을 긁어가는 것이 참말 못 쓰겄다."

배달차와 셔틀버스가 생기고 소소한 배달마저도 줄었다. 엄마는 더 열심히 슈퍼를 청소하고, 이런저런 시도를 했지만, 모든 시도의 결과가 다 좋지는 않았다. 간간이 나가던 반찬도 상할 때까지 팔리지 않았다. 쌤마트에서 반찬 코너가 생겼다는 소식을 듣고 나서야 이유를 알았다. 엄마는 마지막까지 사수한 채소 구색을 갖추는 것마저 포기했다. 생물 코너가 단출해졌다.

"아니, 생선이 없으니까. 그거 사러 갔다가. 또 눈에 보이니까."

신자 아주머니는 셔틀버스에서 내리다가 이를 우연히 본 엄마에게 길게 변명하기도 했다. 우리 필성슈퍼에 없는 품목이 많다는 게 주된 핑계였다. 엄마는 애써 괜찮은 척을 했다. 하지만 걱정하고 있다는 걸 들키기도 했다.

"은세랑 너, 곧 줄줄이 대학도 가야 하고……."

돈이 없어서 대학을 못 갈 거라는 생각을 해본 적이 없다. 그러나 엄마의 한마디로 나 역시 마음이 무거워졌다.

"계산이 안 나온다, 계산이."

아빠도 자주 그런 말을 했다. 계산이 안 나오는 이 상황에서 할 수 있는 일은 딱히 없었다. 배달이 눈에 띄게 줄어 우리 손이 더이상 필요하지 않았다. 엉터리마트 때와는 다른 무기력이 느껴졌다. 엉터리마트 시절에는 우리 가족의 몸부림에 슈퍼에 어떻게든 활기가 돌기도 했으니 말이다. 그때가 호시절처럼 느껴졌다.

할머니가 공부를 더 열심히 시작한 건 우리 슈퍼의 가파른 쇠락이 시작되면서부터였다. 어떻게 해서든 이 상황을 돌파

하려던 아빠의 입에서 '위도 장사'라는 말이 나온 것이다. 섬에는 여전히 물자가 부족했고, 그걸 트럭에 싣고 가 팔겠다는 말에 엄마도 딱히 반대를 하지 않았다.

"지가 가는 거 아닌게 저르케 말헌다. 지 몸뚱이로 안 허는 것은 다 쉽지."

위도로 행상을 나가겠다는 아빠 말에 동조한 엄마를 할머니는 며칠을 원망했다. 할머니는 그래도 분이 풀리지 않으면 한글 공부 노트를 꺼냈다. 학습 속도는 여전히 느렸다. 느리다 못해 다시 퇴보하는 순간도 잦았다. 열정이 공부의 진도까지 담보해주지는 못했다. 어제 고쳐준 글자를 오늘 다시 틀렸다. 심지어 한글 수업 초반에 실수했던, 디귿이나 리을의 방향을 잘못 쓰기도 했다. 하지만 맨 처음 연필을 쥐고 손을 떨던 할머니의 모습을 떠올리면 지금은 대단한 발전이었다.

"대그빡이 빙신이여, 빙신."

할머니가 공부를 하다가 자책할 때마다 나는 한마디했다.

"할머니, 처음 배울 때를 생각하셔."

그러면 할머니도 그 말에 고개를 끄덕였다.

"그거슨 그르치요."

할머니와 노래 가사로 한글 수업을 한 건 몇 가지 좋은 성과를 거두게 했다. 할머니의 흥미가 배가되었다. 왜 그동안 이 생각을 못 했을까 후회가 될 정도로 할머니는 공부에 더 재미를 붙였다. 김명애의 '도로남' 가사를 필사하며 할머니의 오랜 궁금증이 해소된 것도 큰 성과라고 할 수 있다. 받아쓰기로 복습을 할 때였다.

나는 '님이라는 글자에'를 불러주었다. '니미라는 글자에'까지 쓰고 할머니의 손이 멈췄다. 내가 설명도 하기 전에 할머니가 말했다.

"오메, 어찌야 쓰까."

"왜요?"

"님이가 니미가 되부러야."

할머니는 내가 받아쓰기 채점을 할 때마다 '이거시'를 왜 '이것이'로만 써야 하는지, '아드리'를 '아들이'로 써야 하는지 물었다. 나는 그럴 때마다 똑같은 말만 했다.

"그렇게 쓰기로 약속해서 그래요."

나는 그렇게밖에 말하지 못했는데 할머니가 스스로 깨우쳤다. 왜 그렇게 약속하게 되었는지 말이다.

"이러믄 곤란허지."

곤란하지 않기 위하여, 오해하지 않기 위하여 우리는 약속을 한다.

3부 _____

이기는
생활

아빠는 슈퍼 정문 앞에 트럭을 세우고 부산하게 움직였다. 트럭 짐칸은 물론이고, 조수석과 좌석 뒤 좁은 공간까지 빈틈없이 물건을 채우는 중이었다.

"아빠, 피난 가요?"

"피난 가도 며칠은 거뜬하겠지?"

엄마가 우유와 빵을 가득 담은 봉투를 아빠에게 건넸다.

"거기는 이런 게 아쉽지들, 다 팔고 와요."

흔하디흔한 우유와 빵이 아쉬운 곳. 섬이었다. 위도. 우리의 고향. 짐을 잔뜩 실은 아빠의 트럭을 다시 살펴보았다. 아빠는 얼마 전부터 수요일마다 트럭을 몰고 섬을 돌며 물건을 팔았다. '트럭환향'이라고 해야 하나. 분명한 건 금의환향은 아니라는 것이었다. 멀쩡한 슈퍼를 놔두고, 고향으로 물건을 팔러 가는 게 아빠도 쉬운 일은 아니었을 것이다.

　학교에 낼 돈이 계속 밀려서 행정실 독촉 전화를 받는 것
도 모자라 얼마 전 언니가 대성통곡한 일이 있었다. 미술 학
원비가 밀려 원장 선생님께 한소리 듣고 학원 수업도 받지 않
고, 슈퍼로 달려와 울고불고 난리가 난 것이었다.
　"쪽팔리게 무슨 학원비를 외상으로 다니냐고. 나 죽어도
못 해."
　엄마가 원장님에게 전화를 걸어 한 달만 양해를 구하자 언
니는 더 팔팔 뛰었다.
　"안 다녀, 차라리 안 다닌다고."
　"그림을 꼭 학원에 댕겨야 잘 그리냐?"
　집에서 울고 있는 언니에게 한마디하는 할머니의 손목을
잡았다.
　"선생님이 있어야 더 잘 배우는 거, 할머니도 알잖아요."
　할머니는 한풀 꺾여 혼잣말로 웅얼거렸다.
　"새끼 못 가리치는 부모 심정은 오죽허겠냐고."

　언니 학원비 사건 이후로 아빠가 고민 끝에 내린 결정이었
다. 위도에 있는 가게에 전화를 걸어 양해를 구하고, 없는 물
건 위주로 가지고 가겠다는 조율을 하는 것 같았다.

아빠가 출발하기 전에 할머니가 슈퍼 쪽으로 걸어왔다. 할머니는 엄마가 아빠에게 건네는 비닐봉지 꾸러미와 저울을 애달픈 표정으로 바라보았다. 슈퍼 앞 플라스틱 의자에 주저앉으며 앓는 소리를 했다. 아빠가 위도로 갈 때마다 늘 하던 소리였다.

"멀쩡한 점빵을 놔두고……."

아빠는 못 들은 척하고 서둘러 트럭에 올랐다. 시동을 건 뒤, 창문을 열고 엄마에게 말했다.

"막배로 돌아오네. 초저녁은 돼야 도착."

그러더니 할머니를 불렀다.

"어머니, 다녀올게요."

할머니는 애써 애달픈 표정을 지우고, 손을 흔들었다.

만물상이 되어버린 아빠의 트럭이 점점 멀어져 작아질 때까지 할머니는 눈을 떼지 않았다. 트럭이 완전히 보이지 않자 그제야 자리를 털고 일어나 힘없이 집으로 향했다.

나는 학교에 가져갈 우유 하나를 가방에 넣으며 엄마에게 말했다.

"근데 아빠는 왜 이렇게 일찍 출발해요?"

"요즘 위도로 낚시꾼들이며 놀러가는 사람들 몰려서 여객선에 차 싣는 게 툭하면 마감이라잖아."

"트럭을 여객선에 싣는 거야?"

"한 번에 스무 대는 싣는 것 같더라."

"그나저나 아빠 차에 뭘 저렇게 많이 실은 거야? 배 가라앉겠어."

엄마가 내 등짝을 매섭게 후려쳤다.

"저놈의 입, 입!"

얼마 지나지 않아 아빠의 위도행 횟수가 늘었다. 수요일과 일요일, 일주일에 두 차례나 위도로 가는 배에 트럭을 실었다. 수요일에 장사하다보면 없는 품목을 찾는 사람이 꼭 있었다. 그걸 일요일에 가져갔다. 섬사람들이 부탁한 물건을 대신 구매해서 트럭에 실을 때도 있었다. 긴 장화, 커다란 솥단지, 이름도 알 수 없는 기계 부품들까지. 아빠의 트럭에는 점점 다양한 품목이 실렸다.

일요일 아침, 시립 도서관에 가기 위해 일찍 집을 나섰다. 엄마가 싸준 도시락과 간식거리를 챙기려고 슈퍼에 들렀다. 위도에 가는 아빠에게 인사를 하고 싶었는데, 평소보다 더 일찍 움직인 것인지 아빠의 트럭은 이미 가게를 벗어나는 중이었다. 뒤뚱거리며 방지턱을 넘고 큰길을 향해 서서히 속도를 내는 트럭을 향해 두 팔을 흔들었다.

가방에 욕심껏 교과서와 문제집을 넣은 나는 아빠의 트럭처럼 뒤뚱거리며 시립 도서관 언덕길을 올랐다. 희한하게 아빠의 트럭이 계속 머릿속을 맴돌았다. 책상에 앉아서 생각을 떨쳐내려고 해도 조금만 틈이 생기면 그 틈으로 여지없이 트럭이 끼어들었다. 두 시간 동안 앉아 있었지만 실제로 공부한 시간은 이십 분도 채 되지 않았다. 차라리 집에 가서 식탁에 앉아 공부하고 싶었다. 점심 도시락까지 싸왔지만, 점심시간이 되기도 전에 도서관에서 나왔다.

집에 가기 전 슈퍼에 들렀다. 문을 여는 기척에도 엄마와 할머니는 돌아보지 않았다. 할머니의 자세가 심상치 않았다. 주저앉아 있었다. 그것도 바닥에. 할머니는 왜 하필 바닥에 주저앉은 걸까. 엄마는 카운터에 앉아 전화기를 붙들고 있었다. 일요일 한낮이었다. 〈전국노래자랑〉이 나오고 있어야 할 화면에 뉴스가 흘러나오고 있었다. 무슨 일이면 〈전국노래자랑〉 송출을 멈출 수 있을까.

'곧 탑승객 명단이 확보될 예정입니다.'
아나운서의 목소리가 슈퍼에 울렸다. 뾰족한 바늘이 아랫배를 찌르는 것 같은 통증이 긴장감과 함께 온몸으로 퍼져나갔다. 익숙한 위도행 여객선 사진이 보였다. 일요일이었고 더없이 맑디맑은 한낮이었다. 작은 텔레비전 안에서 믿을 수 없는 소식이 흘러나왔다.

배를 놓치면 안 된다고 부지런히 움직이며 차에 올랐을 아빠의 모습이 떠올랐다. 할머니는 소리도 크게 내지 못했다.

"어쩔끄나."

울음과 노래가 섞인 기묘하게 떨리는 할머니의 목소리가 공기 중에 무섭게 흘렀다. 그 음울한 공기 속에 뉴스 속보 기자의 다급하고 높은 소리가 섞였다.

엄마는 계속 전화를 걸고, 통화를 했다. 드문드문 슈퍼 문을 열고 들어온 손님들은 슈퍼의 이 기묘한 풍경에 순간 걸음을 멈칫하다가 돌아갔다.

엄마는 슈퍼 셔터 문을 절반이나 내려버렸다. 담배를 사러 오는 사람들은 집요하게 그 셔터 아래로 구부리고 들어오기도 했다. 보다 못한 내가 셔터를 더 아래로 내렸다.

행선지를 바꿨을지도 모른다. 고창 할아버지 집 쪽이나 부안 시골 마을 쪽으로 핸들을 꺾는 아빠의 모습을 상상했다. 고향 앞바다에서 일어난 비보를 알지 못한 채 확성기에 두부, 멸치, 콩나물, 나주 배 등을 외치고 있다면.

어떤 뉴스도 아빠의 소식을 알려주지 못했다. 누가 탑승했는지는 나오지 않았고, 정원 초과라는 글자와 탑승객 명수만 굵고 빨간 글씨로 뉴스 하단을 채웠다. 슈퍼에 전화가 울릴 때마다 가슴이 덜컥 내려앉았다. 아빠가 무사하다는 전화이길 간절히 바랐다. 하지만 어쩐지 그 반대의 메시지를 전달하는 전화일 것만 같아 몸이 경직되었다. 엄마도 마찬가지인지 수화기를 들 때마다 겁먹은 어린아이 표정이었다.

"봤다고?"

엄마의 목소리가 슈퍼에 울렸다. 가슴이 뛰고, 손끝이 떨렸다.

"응응, 파란 포터. 응응, 맞어, 맞어."

초저녁을 향해가던 시간에 드디어 아빠와 관련된 소식이 도착했다. 모든 소리가 차단된 진공관 속에서 갇혀 있는 기분이었다. 숨이 막혔다. 파란 포터를 봤다는 사람은 어디에서 아빠를 본 것일까. 엄마의 목소리가 높았고, 울먹였다.

"그때가 몇시쯤이나 됐어."

답을 들은 엄마의 표정을 살폈다. 그리고 나는 발견했다. 엄마가 설명해줄 필요도 없었다. 힘이 탁, 하고 풀렸다. 몇시라고 말을 들은 직후의 엄마 표정. 그것은 분명 안도의 표정이었다. 절반 이상의 두려움이 사라지는 순간이었다. 그때 슈퍼 밖에서 누군가 힘차게 셔터를 들어올렸다.

할머니는 일주일 이상을 앓았다. 그날의 충격에 멀쩡할 수가 없었다. 가게를 두고 행상을 나가는 아들의 모습이 내내 짠했을 터였다. 잔잔하다가도 무섭게 풍랑을 일으키던 바다를 기억하는 할머니는 아빠가 위도에 갈 때마다 간절히 기도했다. 그날, 기도를 마치고도 마음이 놓이지 않았던 할머니는 다시 슈퍼에 갔다. 슈퍼에 들어가자마자 엄마에게 소식을 전해 들었다. 거짓말 같은 소식에 할머니는 무엇을 붙잡을 새도 없이 뻥튀기며 옛날 캐러멜 등속이 진열된 과자 더미로 주저앉았다.

아빠가 절반 이상 내려간 가게 셔터를 올리며 등장했을 때, 할머니는 턱을 덜덜 떨었다. 그리고 두 팔을 아빠를 향해 뻗었다. 어린아이처럼 엉엉 눈물을 쏟았다.

아빠가 돌아왔지만 이미 할머니의 몸과 마음은 처절한 절망이 한번 통과해버린 후였다. 괜찮은 것 같다가도 잠깐잠깐 그 기억에 다시 안색이 상했고, 그 자리에 주저앉아버렸다.

아빠에게는 그 다음날이 되어서야 위도 이야기를 들을 수 있었다. 아빠도 충격이 심한 눈치였다. 그날 아침 아빠는 부지런히 속도를 내어 여객선 매표소에 일찍 도착했다. 하지만 일요일이라 새벽부터 낚시꾼과 관광객이 줄을 섰고, 차량을 실을 수 있는 티켓이 매진됐다.

"그것도 바로 내 앞에서 딱 매진."

아빠가 그 말을 할 때 우리는 다 같이 탄식하며 안도했다. 할머니는 본능적으로 가슴을 쓸어내렸다가도 이렇게 혼잣말을 했다.

'죄로 가긋다.'

희생을 당한 사람들을 생각하면 이 기막힌 행운에 가슴을 쓸어내리는 일이 죄스러웠던 것이다.

아빠는 어쩔 수 없이 다음 여객선의 티켓을 사서 기다렸다. 기다리는 동안 꽤 재미를 보며 물건도 팔았다고 했다. 그렇게 삼십여 분이 지났는데 갑자기 주변이 어수선해졌다. 구급차와 경찰차, 방송국 스티커를 붙인 차량이 여객선 터미널 앞으로 몰려들었다.

아빠는 며칠간 트럭을 몰지 않았다. 엄마는 슈퍼 앞마당을 청소할 때마다 쓰는 호스를 들고 아빠 차에 물을 뿌렸다. 민물과 섞인 짠물이 씻겨 내려갔다. 엄마는 호스 끝을 좁게 만들어 잡고 차를 향해 날카롭게 물을 뿌렸다. 화가 난 것처럼 얼굴을 잔뜩 찡그린 채로 말이다. 나는 아빠에게 그날의 이야기를 듣고 얼마간 트럭 근처에 가지 못했다.

처음에 아빠는 물에서 건진 위급한 사람들을 인근 병원에 옮겨줬다고 했다. 급한 대로 짐칸 물건을 낚시 집 앞에 내려놓고 말이다. 작업하던 어선들이 몰려들어 꽤 많은 사람들을 건졌다. 물론 죽은 사람의 숫자에 비할 게 아니었지만 말이다.

"두어 번 왔다갔다했나. 근데 더는 없는 거야."

"뭐 가요?"

"산 사람이."

"그래도 못 떠나겠더라고."

사고 수습하는 사람들을 도와 시내의 체육관에 시신을 옮겼는데 몇 번을 왔다갔다했는지 기억도 안 난다고 했다.

관광객도 많았지만, 육지를 오가던 고향 사람 여럿이 변을 당했다. 할머니는 엄마가 전해주는 소식을 들을 때마다 시상에를 외치며 울었다.

밥이 다 된 압력 밥솥 뚜껑을 열다가, 주방 다용도실에 푸성귀를 쌓아놓고 다듬다가 할머니는 종종 슬픈 얼굴이 되어 이렇게 말했다.

"생각할시록 가심이 벌렁거려야."

나에게도 그 사건은 충격이었다. 시간이 약인 건 맞는 모양인지, 조금씩 그 충격의 강도가 약해졌다. 하지만 무언가 달라진 것만은 분명했다. 무엇이 달라졌을까.

그날 이후 나에게 가장 큰 변화는 내게 일어난 모든 일이 몹시 별것 아닌 것처럼 느껴진다는 것이었다. 공부도, 연극반도 모두. 덩달아 배우 아카데미의 일 역시 사소하게 느껴졌다. 그곳에서의 거절 또한 아무것도 아닌 것처럼 느껴졌다. 두렵고 무서운 것은 다시 돌아오지 못할 것을, 소중한 어떤 것을 놓치는 거였다. 아빠의 여객선 사건 이후 내 몸을 통과한 건 그런 마음이었다.

"석희야, 나 배우 아카데미 다시 가려고."

내가 그렇게 말했을 때, 석희는 덥석 내 손을 잡았다.

"진짜?"

"응."

"물어보고 싶은 게 생겼거든. 그리고 있잖아. 이제 나 거기 겁이 안 나."

합격한다고 해서 다닐 돈도 이제 없었다. 석희처럼 장학생이 된다고 해도 차비를 손 벌릴 형편도 못 되었으니 말이다. 그럼에도 그곳에 꼭 다시 가야만 했다. 넘어진 데로 가서 그 자리에서 뭔가를 수습하고 싶었다. 알 수 없는 힘이 내 안의 두려움 같은 것을 없애주는 기분이었다. 그곳이 정말 겁나지 않았다.

겁이 안 나기는 개뿔. 계단 손잡이를 잡고 속으로 웅얼거렸다. 배우 아카데미 건물 앞에 서자 심장이 다시 세차게 뛰었다. 사람의 마음처럼 약해빠진 게 또 있을까.

실내는 수강생들로 북적였다. 땀을 팔뚝으로 닦으며 강의실에서 나오는 아이들은 대부분 내 또래였다. 힘들어 보였지만, 모두 얼굴이 밝았다. 마주치는 수강생들은 당장 텔레비전에 나와도 손색이 없을 정도로 뛰어난 외모였다. 몇몇이 석희에게 알은체를 했다. 뽀얗고 눈이 깊은 남자애는 석희와 하이파이브도 했다. 그러고 보니 석희는 그 아이들과 전혀 이질감이 없었다. 어떤 면에서는 더 빛나 보이기도 했다. 순간 조금 울적해졌다.

석희가 오인아 실장의 방문을 두드렸다. 먼저 들어간 석희가 허락을 얻고 나오며, 나를 들여보냈다.

"아! 석희 베스트 프렌드. 이름이 뭐였죠?"

"오은동이요."

"아, 맞아. 그 '덩크슛' 불렀던 친구. 이제 생각나네. 면접 다시 보려고 온 건가요?"

그러니까요. 왜 다시 왔을까요. 속으로 그렇게 대답했다.

나는 일단 뭔가가 궁금했다. 그리고 질문하고 싶었다. 가장 궁금했던 걸 물었다.

"궁금해서요. 왜 제가 떨어진 건지."

"아이고, 그날 묻지, 왜 힘들게 다시 왔어요."

오인아 실장이 손목시계를 한번 보더니 미간을 찌푸렸다.

"친구야, 내가 시간이 없어서. 간단히 말할게요. 자, 우리 학원은 출발이 반이라고 생각해요. 출발 멤버가 중요한 거지."

"네?"

"그러니까, 뭐라고 설명해야 하나. 상처받지 마요, 친구."

"네 괜찮습니다."

"우리도 개나 소나 다 받을 수 있어, 그치. 수강료 다 받고 얼마나 좋아. 하지만 우리는 가능성을 봐요. 아까 말했죠. 출발이 반이라고."

"그 가능성이 제게 없다는 건가요? 어떤 부분에서 부족한 건지."

오인아 실장이 신경질적으로 나를 바라보더니 말했다.

"아이고, 우리 그런 세세한 거까지 말해줄 의무는 없어. 근데 석희 친구라서 말해주는 거니까 잘 들어요."

"네."

"우리의 기준이 있어요. 외모부터 목소리 톤, 자신감, 분위기 등등, 응? 내부 기준이라 자세히 말해줄 수는 없지만, 아무튼 그 기준에 학생은 엑스."

할말이 없었다. 오인아 실장이 가만히 서 있는 나를 보더니 눈을 동그랗게 떴다. 신기한 동물을 발견한 것처럼 웃으며 말했다.

"어머, 학생. 우는 거 아니지?"

그러니까 제 말이요. 나는 나에게 놀랐다. 오은동 너 왜 울어? 황급히 눈물을 닦았다. 이곳이 나를 완전하게 밀어버렸다는 생각이 들었다. 그렇다고 그것만이 내가 운 이유는 아니었다. 신기하게도 '개나 소나'라는 모욕 앞에서 나는 내가 꿈을 버리지 않았다는 걸 온몸으로 깨달았다. 지난겨울 꿈을 모두 잃었다고 생각한 건 내가 나에게 한 오해였다.

"여기에 선택되지 않은 사람 중 연기하는 사람도 있겠죠?"

오인아 실장이 어깨를 으쓱 올렸다가 내렸다.

"그건 모르지. 떨어진 애들이 뭘 하는지 조사하진 않으니까요."

나는 내 몸에서 강력한 화학 작용이 일어나는 걸 느꼈다. 뭔가가 내 속의 어떤 것을 건들었다. 무엇이? 개나 소나와 엑스와 오인아 실장의 비웃음, 아빠의 뒤뚱거리는 트럭과 할머니의 팽팽해진 글씨 등등 그간 내 몸을 통과한 모든 것이 한꺼번에 합쳐져 내 속을 순간적으로 헤집어놓았다. 꽉 쥐었다가 들고 흔들었다. 감았다가 내동댕이쳤다. 내 마음속은 처참한 폐허가 되어버린 것 같았다. 그리고 잠시 후 놀라운 일이 일어났다.

그 헤집어놓은 폐허의 어느 틈에서 약간은 당돌하고 얄밉기도 한 것 같은 누군가가 '까꿍' 소리와 함께 얼굴을 내밀었다. 폐허 속에서 발견된 그 아이는 오들오들 떨고 있는 오은동을 대신해 또박또박 실장에게 이 말을 내뱉었다.

"연기를 여기서만 할 수 있는 건 아니잖아요. 어디서든 할 수 있는 거잖아요. 그쵸?"

*

아빠를 잃을 뻔한 사건을 겪고, 할머니는 일기를 쓰기 시작
했다. 할머니에게 일기 형식을 가르쳐준 사람은 아무도 없었
다. 나는 '일기'라는 글이 학습되는 것이 아니라 인간의 본능
일 거라 생각했다.

하루에도 며뻔쓱 가심이 벌렁거린다. 시상에 죽을배를 탈라고 가
는 이에게 잘댕겨오라고 손을흔들어쓰니. 장사가는 사람헌티 아촘부
텀 고시랑대서 조을것이업쓰니 그랬는디. 그래도그르치, 이런 빙신가
튼 어미가 또이쓸랑가.

'죽을'이란 단어는 썼다가 지운 흔적이 보였다. 꽉 눌러써
서 지워도 흔적이 남았다. 시금치, 두부, 봄, 꽃, 여름, 바다, 아
들 이름 같은 단어를 지나 '죽음'이라는 단어가 할머니의 노
트에 도착한 것이다. 할머니의 일기를 보고 자연스럽게 빨간
펜을 들었다.

─하루에도 몇 번씩 가슴이 벌렁거린다. 세상에 죽을 배를

타려고 가는 이에게 잘 다녀오라고 손을 흔들었으니. 장사 가는 사람한테 아침부터 궁시렁거려서 좋을 것이 없으니 그랬는데. 그래도 그렇지, 이런 바보 같은 어머니가 또 있을까.

그렇게 첨삭이 시작되었다. 첨삭을 해서 말끔해진 글은 어쩐지 할머니의 글이 아닌 것 같았다. 그래도 한글 공부를 위해 첨삭을 이어나갔다. 야간 자율 학습을 마치고 와서 첨삭해 두면 할머니는 그 다음날 그것을 바탕으로 고쳐 썼다. 할머니가 고쳐 쓴 일기 아래에 코멘트를 달았다. '죽을 배'라고 썼다가 '죽을'을 지운 할머니의 글 아래에는 이렇게 썼다.

―할머니 쓰기 싫은 나쁜 단어도 써야 해요. 그래야 글이 완성되거든요.

어떤 날은 첨삭만 하고 코멘트를 달지 않은 날도 있었다.
"선상님이 아무 말도 안 하시니 공부할 마음이 똑 떨어지더라야."
내심 할머니가 내 코멘트를 기다리는 모양이었다. 그 다음날부터 돈값을 하라는 말을 듣지 않기 위해서라도 열심히 코멘트를 달았다. 아무튼 일기 쓰기로 할머니의 한글 공부는 이어졌다.

"너그 아버지 다시는 바닥 근처도 못 가게 할란다."

여객선 관련 보도가 나올 때마다 채널을 돌리게 하며 할머니는 말했다. 할머니는 바다를 꼭 '바닥'이라고 했다. 섬에서 살 때 어른들이 모두 그렇게 말하긴 했다. 일기장에도 몇 번 바닥이라고 써서 내가 바다라고 고쳤다. 하지만 할머니는 절대 바다라고 쓰지 않았다. 할머니는 위도와 관련된 일기를 쓸 때도 꼭 마지막 문장을 이렇게 썼다.

내아덜 바닥근처도 못가게 헐것이다.

하지만 현실은 녹록지 않았다. 아빠는 여객선 사고가 나고 얼마 지나지 않아 다시 위도에 들어가 팔 물건을 정리했다. 그렇게라도 하지 않으면 지금 필성슈퍼의 매출로는 우리 여섯 식구가 풀칠도 못하게 생겼다는 게 엄마와 아빠의 계산이었다. 배달도 거의 없었다. 우리는 이제 배달이 없어서 좋다는 철없는 말을 할 수 없었다. 슈퍼 사정이야 뻔했지만, 그렇다고 아빠가 다시 위도행을 고집할 것이라고 생각하지 못한 할머니의 상심이 컸다.

"식구들 굶어 죽으라고요?"

아빠를 슬쩍 말리려다 기어이 큰소리를 당했다. 아빠가 할머니에게 그렇게 소리를 높이는 건 나도 사실 처음 봤다. 그날 밤 할머니의 일기장은 단 한 줄이었다.

　나 낼부텀 출근을 헐란다.

　이 문장에 특별한 코멘트를 달지 못하고, 겨우 두 음절의
단어만 썼다.

　─출근?

　다음날 아침 할머니는 때 이른 하얀 모시 상의에 보랏빛
치마를 입었다. 일요일에 교회를 갈 때나 입는, 할머니에게는
정장에 가까운 옷이었다. 어젯밤 할머니의 일기가 떠올랐다.
　"할머니, 진짜 출근해요? 일자리 구했어요?"
　"출근 버스 타고 가면 출근이지. 매일 가면 출근이잖냐."
　알 수 없는 말을 하고 집을 나선 할머니가 걸음을 멈춘 곳
은 놀랍게도 쌤마트 셔틀버스가 서는 곳이었다. 설마 하는 마
음으로 물었다.
　"할머니, 슈퍼도 안 들리고 대체 어디 가시는데요?"
　할머니는 바닥에 굴러다니던 신문 크기만한 컬러 광고지
를 주워와 내게 보였다. 쌤마트에서 파는 온갖 과일, 육류, 공
산품의 사진과 가격이 적힌 종이였다.

"이놈 피고 앉아 있으면 쓰겄고만."

할머니는 신문을 보는 사람처럼 그것을 천천히 살펴봤다.

"할머니 설마, 여기 가려는 건 아니죠?"

"못 갈 데냐?"

할머니는 광고지의 앞면을 보여주었다. 붉은색으로 커다랗게 써진 문장을 내게 들이밀었다.

'고객 한 분 한 분 가족처럼 모십니다. 샘골 시민들은 우리의 가족입니다.'

"을매나 식구처럼 모시는가 봐야 쓰겄다."

"할머니, 이건 뭔가 아닌 거 같은데……."

"그려? 이것이 아니면, 뭣이 기냐?"

뭐가 맞느냐고 묻는 말에는 아무 말도 할 수 없었다. 멀리서 쌤마트 셔틀 첫차가 진입중이었다. 할머니는 손에 말아 쥔 종이를 더 꽉 쥐었다. 아이들과 함께 헐레벌떡 뛰어오던 아주머니가 할머니의 뒷모습을 보더니 눈이 휘둥그레졌다. 마지막 승객까지 버스에 오르자 기사 아저씨가 나의 기색을 살폈다. 할머니가 맨 앞자리에서 고개를 내밀었다.

"너도 이놈 타고 가든가?"

그 짧은 순간 할머니를 따라 타야 하는 건지 고민했다. 급히 닫히는 버스 문이 오히려 고마웠다. 셔틀버스가 멀어지는 것을 바라보다가 슈퍼로 뛰어들어갔다.

나의 걱정은 엄마의 한마디에 호들갑이 되어버렸다.

"구경가셨나보다."

할머니는 그날 저녁이 되어서야 우리 필성슈퍼로 돌아왔다.

"시상에 오만 팔도 것을 다 갖다 파는 모양이더라."

"아니, 하루종일 물건 구경하셨어?"

엄마가 묻자 할머니가 말을 뚝 끊고는 집으로 들어갔다. 그렇게 할머니의 구경은 그날로 끝인 줄 알았다. 놀랍게도 할머니는 그 이후 매일 쌤마트 셔틀버스를 탔다. 오전에 나가서 저녁밥 먹을 때가 되어서야 왔다. 그리고 얼마 안 가 민원이 빗발쳤다.

"우리가 죄지은 것도 아니고, 없는 거 거기서 사는 건데 말이야."

가장 먼저 불편함을 호소한 건 신자 아주머니였다. 무엇을 샀냐고 물으며 봉투까지 흘깃거리고, 당근, 양파 같은 건 필성슈퍼에도 있으니 우리 슈퍼에서 사달라고 호소했다는 거였다.

"오가는 사람들이 이제 필성슈퍼 할머니인 거 다 알아."

평소에 말이 없던 시청 아주머니까지 엄마에게 조근조근 불만을 털어놓고 갔다.

그날 이후로 엄마와 아빠가 강하게 말렸지만 할머니는 꿈쩍도 하지 않았다. 트럭을 몰고 가 할머니를 억지로 끌고 온 날도 할머니는 뒤로 돌아 다시 쌤마트로 가버렸다. 자포자기한 심정으로 아빠는 우리 자매를 슈퍼로 불렀다. 6월 햇볕이 슈퍼 유리를 통과해 썰렁해진 진열대에 따뜻하게 스민 일요일 오전이었다. 카운터 옆 평상에 둥글게 모아 앉히고 아빠는 말했다.

"너희들이 역할을 좀 할 때가 왔다. 누가 갈래?"

우리는 모두 어리둥절하게 서로를 바라보았다.

"어딜 가라는 거예요?"

은세 언니가 묻자 아빠가 조용히 대답했다.

"쌤마트."

그제야 우리는 상황 파악을 했다. 아빠는 지금 할머니를 모시고 올 지원자를 찾는 것이다. 그런 걸 어른이 해야지 왜 우리가 하나, 의문이 들었지만 차마 아빠에게 말할 수 없었다. 이럴 때 역시 은세 언니가 나섰다.

"그걸 왜 우리가 해. 배달도 서러웠는데. 거기 가서 무슨 창피를 당하라고."

은세 언니가 갑자기 눈시울을 붉혔다. 너무 어이가 없어서 한마디했다.

"언니 배달 거의 안 했잖아."

워낙 창피한 거 싫어하는 체질이라 모양 빠지는 배달은 절대 안 했다. 첫째 딸이라고 오냐오냐 키워서 저 모양이라고 혀를 차면서도 누구도 은세 언니를 마음대로 할 수 없었다. 겨우 두부 한 모, 콩나물이나 간장 따위를 담은 봉투를 들고 가는 배달만 했다. 손가락으로 눈물을 찍고 있는 언니를 보니 어이가 없어 말문이 막혔다. 늘 그렇듯 가족 모두의 시선이 내게로 모였다.

내가 당연히 지원자가 되어줄 거라 믿는 가족들에게 짜증이 났다. 싫은 내색을 하자 아빠와 엄마가 조금 놀라는 눈치였다. 언니야 예상한 반응이었지만, 내가 대놓고 싫은 내색을 한 건 의아한 일이었을 터였다. 아빠는 말한 지 삼십 분도 되지 않아 부탁을 철회했다. 은세 언니는 집으로 돌아가며 자랑스럽게 말했다.

"너네 나 아니었으면 어쩔 뻔했어?"

언니는 막내 은율의 손을 잡고 걸으며 몸서리를 쳤다.

"쪽팔리느니 죽는 게 나아."

"쪽팔리는 게 죽는 것보다 나쁜 거야?"

은율이가 천진한 표정으로 은세 언니를 바라보며 물었다.

"쪽팔리는 건, 음 뭐랄까. 영혼이 죽는 거야."

나와 은율이 동시에 중얼거렸다.

"뭔 소리야."

부담스러운 아빠의 부탁이 철회되어 조금은 가벼운 발걸음으로 집을 향했다. 할머니도 몇 번 더 그러다가 말겠지 싶었다. 그렇게 생각하니 마음이 조금 편해졌다. 그러나 그 가벼운 마음은 그날 밤 할머니의 일기를 본 후 다시 무거워졌다.

요샌날 나는 춘상오메를 생각헌다. 위도 춘상오메가 싸납쟁이라. 한번 물면 안놓는 미친개새끼같다고 사람덜이상종을안혔다. 애기들이 눈부라리고 싸납피우면 춘상오메 눈깔같다고 우리는 혼내고숭본다. 춘상이가 모자란놈이었어도 위도에서는누구도 춘상이 못건드렀다.

나는 맞춤법 첨삭만 하고 어떤 코멘트도 적지 못했다. 생각해보면 할머니도 누구보다 '체면'이 중요한 사람이었다. 시장에 같이 가면 물건값을 절대 깎지 않았다. '남우세스러운' 일은 누구보다 못하는 할머니가 쌤마트 앞에서 앉아 사람들을 상대하고 있다고 생각하니 새삼 놀라웠다. 할머니야말로 위도 춘상 오메역을 하고 있는 거였다.

내가 망설이는 사이 결국 사달이 났다. 학교에서 돌아와보니 할머니가 카운터 옆 평상에 앉아 치마를 잡아올려 다리를 내놓고 앉아 있고, 엄마가 할머니의 깨진 무릎과 팔뚝에 소독약을 발라주고 있었다. 아빠는 제대로 화가 난 얼굴이었다. 아빠가 할머니를 모시고 와서 씩씩대기까지 했다.

"어머니, 진짜 다시는 가지 마쇼. 내가 말씀드렸습니다."

아빠는 그 말을 하고 슈퍼를 나가버렸다. 평소 같으면 아빠를 말리던 엄마도 같이 죄를 지은 사람처럼 눈치만 보고 아무 말도 못했다.

"모다 몰려들어서 한패가 되버링게, 응 내가 혼잔게. 싸납내야지, 빙신 같이 카만히 있냐."

할머니는 나간 아빠를 흘겨보며 그렇게 말했다.

"아, 그나저나 노인네 여기서 이러고 있으면 꼴사납다. 누워 있더라도 집에 가서 누워야지."

할머니가 팔을 들어 나에게 말했다. 할머니를 부축해서 집으로 들어왔다.

"오메, 이놈의 몸뚱이 지대로 아작난 것 같으다. 오메, 죽겄네."

할머니는 방까지 들어가지도 못하고 현관 바로 앞에서 드러누웠다.

"해필, 그때 뭣헌다고 니그 아버지가 왔시야."

할머니가 천장을 보고 누워 숨을 고르더니 이야기를 이었다.

"첨에는 내가 점잖게 했지."

할머니 말에 의하면, 할머니는 오늘도 어김없이 마트에 가서 예전에 우리 고객이었던 사람을 따라다니며 귀찮게 했다. 그러다가 다른 사람도 아닌 신자 아주머니를 만난 것이다.

"우리 다 서민이에요. 요즘 같은 때에 백 원이라도 싼 걸 사야죠. 안 그래요? 여기서 불편하게 감시하시는 것도 아니고. 뭡니까."

그러자 안 그래도 때를 노리던 마트 직원이 합세했다.

"할머니 영업 방해입니다."

"이런 것도 이기적인 거잖아요."

신자 아주머니의 당당한 태도에 신경이 긁혔지만 할머니는 나름대로 참았다고 내게 말했다. 문제는 그다음 이어진 마트 직원의 말이었다.

"할머니, 이거 도의에 어긋납니다, 상도가 아니죠."

도의, 상도. 그 말을 들은 할머니의 감정은 어땠을까.

"나 속에서 부글부글 끓기 시작하는디, 성질이 나서 펄쩍 뛰겠는디야, 오메 세상에 나 하늘이 낮아서 못 뛰었다잉."

할머니가 마트 직원의 재킷을 잡아 흔들며 소리쳤다.

"이런 상놈의 자식이 너 이놈이 말 한번 잘했다. 도의? 상도! 사람들 빙신 만들어서 속이고 마트 세워놓고서는 뭐 도의라고 했냐, 시방."

당황한 직원이 할머니의 손을 떼려는데 맥없이 할머니가 바닥으로 나뒹굴었다. 콘크리트 바닥에 쓸려 팔이며 다리가 엉망이었다. 엄마와 아빠는 속상해하면서도 이걸로 끝이 났으니 다행이라고 여기는 듯했다.

다음날, 할머니를 다치게 한 직원이 병원비 명목으로 봉투를 들고 왔다.

"옴마, 돈 치우쇼. 내가 먼저 잡고 흔든 것도 있응게. 이거 쪼께 다쳤다고 돈 처받고 그른 사람덜이 아녀요, 우리가."

할머니가 질색하며 상대의 양복주머니에 돈봉투를 다시 찔러넣었다. 그런 뒤, 한마디를 했는데 그 말에 우리 모두 경악했다. 할머니가 짐짓 점잖은 표정으로 내뱉은 한마디는 이랬다.

"나 또 가믄 말리지나 마시게."

엄마와 아빠 그리고 직원의 표정이 비슷했다. 사실 짐작하고 있었다. 할머니는 마트에서 옥신각신하다 다치고 들어온 날도 일기를 썼다. 단 한 줄이었다.

춘상오메는 지 아덜때미 이빨도나가부렀는디?

직원이 다녀간 다음날 할머니는 다시 마트에 갈 채비를 했다.

"할머니, 가서 또 다치려고요?"

내가 말려도 소용없었다. 할머니는 전략을 바꾼 것 같았다. 내가 가끔 숙제를 내줄 때 참고하던 『청소년 필수 사자성어 & 속담집』을 집어들었다.

"나, 책이나 한 권 가져가서 얌전히 공부나 할라고 그런다.

걱정 말어.”

　그날 보충수업에 빠지고 쌤마트로 달려갔다. 자동문 앞 한쪽에 앉아 있는 할머니가 보였다. 문이 열리고 닫히며 생기는 바람에 할머니의 머리칼이 흔들렸다. 사람들은 바닥에 앉아 있는 할머니를 무심하게 쳐다보고 걸어들어갔다. 어떤 사람은 사람이 있는지 몰랐다가 화들짝 놀라기도 했다. 할머니가 깔고 앉은 책을 보니 피식 웃음이 나왔다. 조용히 돌아서려는데 정문 경비실에서 직원이 나와 할머니 곁으로 가는 게 보였다. 뭐라고 할머니에게 말하는데 표정만 봐도 좋은 말은 아닌 것 같았다. 마음은 이미 할머니를 향해 쌤마트 마당을 가로질러가고 있지만, 정작 내 발가락은 땅바닥을 꽉 잡고 서 있었다.

　작년 벚꽃 축제 때, 아빠를 보고 알은체하지 못했던 순간이 떠올랐다. 각설이 아빠를 향해 성큼성큼 걷던 석희의 모습도 머릿속에 둥둥 떠다녔다.
　망설이던 나는 내 마음속 폐허 오은동을 불러냈다. ‘어디에서도 연기를 할 수 있겠죠’ 그 말이 맞는지 확인하고 싶었다. 쌤마트의 마당이 어느새 널따란 야외무대 같았다. 나는 본능적으로 깨달았다. 지금 이 순간이 바로 연기를 할 수 있는 기회라는 것을 말이다. 누구도 시키지 않은, 누구도 연기라고 생각하지 않는 연기.

석희를 떠올렸다. 각설이 품바 아버지를 끌어안던 석희. 너무 아무렇지 않아서 모두를 아무렇지 않게 만들어버린 그 마법 같던 순간을 떠올렸다.

전교 1등에 성숙하고 학 같은 아이가 된 듯 가슴을 쫙 폈다. 고개를 들고 꼿꼿하게 걸었다. 돌이켜보면 석희는 단 한 번도 구부정한 적이 없었다. 사랑하는 가족을 절대 부끄러워하지 않는 신기한 소녀처럼 환하게 웃으며 할머니에게 다가갔다.

"할머니."

나를 발견한 할머니가 처음엔 귀신이라도 본 듯 화들짝 놀랐다. 놀란 눈은 금세 감격스러운 눈빛으로 변했다.

"오메, 세상에나."

경비 아저씨와 사람들의 눈총에 내심 서러웠는지 할머니의 눈시울이 붉어지기까지 했다. 할머니는 방금 전까지 옥신각신하던 직원에게 짐짓 점잖은 태도로 나를 소개했다.

"우리집 둘째 가시내. 앞으로 선생 될 애기."

나는 한 번도 교사를 꿈꾼 적이 없었다. 오로지 배우였다. 그러나 이 순간만큼은 부정하지 않고, IMF 시대에 교대를 꿈꾸는 모범생의 표정을 지어본다. 그것이 이 순간 유효하다.

"학생, 잠깐만 이리로."

직원이 할머니 눈치를 살피며 내게 말했다.

"우리 학생 똑똑하다고?"

"네?"

직원이 밑도 끝도 없이 본론으로 들어왔다.

"할머니 말이에요. 오늘 이야기 잘하고, 꼭 좀 모셔가요, 응? 지난번처럼 큰소리는 안 내셔서 다행이긴 한데, 계속 저러고 계시면 우리도 좀 곤란해요. 영업장에서 이러시면 조금 그렇잖아, 응?"

나는 말썽꾸러기 학생의 학부모가 된 양 고개를 조아릴 뻔했다. 그러다가 뻔뻔하고 당당한 폐허 오은동이 고개를 들었다.

"저희 할머니께 분명 이유가 있으실 거고요. 천천히 할머니와 이야기를 해보도록 할게요. 그리고 저희 할머니도 손님 자격으로 오신 거니까. 너무 불청객 대하듯이 하지 않으셨으면 좋겠어요."

박스를 가져와 할머니의 자리를 마련했다. 입장객들의 발에 걸리지 않는 안쪽으로 할머니를 앉히고, 나도 그 옆에 앉았다. 할머니는 애정이 넘치는 눈빛으로 나를 바라보았다. 감격이 좀처럼 사그라지지 않는 눈치였다.

"오메, 내 새끄."

나는 연습장을 꺼내고 사인펜을 건넸다.

"할머니 그냥 앉아 있지 말고, 하고 싶은 말을 써봐요. 오늘 공부한 것 중에 생각나는 거도 좋고요. 뭐든 써봐요."

할머니가 처음 한글을 배울 때처럼 사인펜 든 손을 떨었다. 그러더니 이내 힘을 꽉 주고 펜을 들었다. 할머니가 쓴 글자는 단 네 음절이었다.

금으화냥

내가 펜을 들어 첨삭을 했다.

—금의환향

나는 그 종이를 한참 들고 있었다.

가만히 앉아 사람들을 구경하다, 꾸벅꾸벅 조는 할머니의 옆모습을 바라보았다. 습기를 품은 초여름 저녁 바람이 얼굴에 훅 끼쳤다. 한참 들고 있다가 『청소년 필수 사자성어 & 속담』책으로 바닥에 눌러놓은 금의환향 종이가 파닥거렸다. 환한 초저녁 하늘에 아주 옅은 분홍빛이 물드는 중이었다. '금의환향' 빛나는 비단옷을 입고, 자랑스러운 트로피를 두 팔로 안고 고향에 돌아가는 마음에 대해 상상해보았다.

시상에, 우리집 애기가 들어오는디 나는 하나님이 오시는것만 같았다. 애기 한명인디 그 애기 한명이 아니라. 수백사람이 와준것 같았다. 우리 할매 고생허는디 가만히 있을수있느냐고 내가 손지딸로서 와야쥬. 할매일이고 우리 부모일잉게 와야쥬. 그러는디 시상에 시상에, 시상 든든허고 감사혀서 눈물이 다날라고 해부렀다.

아무리 생각해도 그런 기특한 말을 한 적은 없다. 뭔 일로 왔느냐는 질문에 할머니의 귀에 대고 조금 상스럽게 말했을 뿐이었다. 1인 시위를 하던 유상렬 선생님 옆에 서며 선우정 언니가 했던 말이었다.

"시위할 때는 쪽수가 중요해, 쪽수가."

선우정 언니의 말을 그때는 사실 이해하지 못했다. 쪽수가 많아져 시위를 통해 얻고자 한 바를 얻어낸 것도 아니었다. 결과는 그대로였다. 사람 수 몇 명 늘어난다고 크게 달라질 게 없었던 거였다. 하지만 나는 할머니의 일기를 보고 알게 되었다. 여름방학 시위 시간에 나는 붕어처럼 입을 뻥긋거리며 어설프게 서 있기만 했다. 그럼에도 최소한 유상렬 선생님이 덜 외로웠겠구나 싶었다. 누군가를 최소한 외롭지 않게 해주는 것. 그를 덜 이상하게 보일 수 있게 하는 것. 쪽수의 힘이었다.

아무튼 나는 분명히 할머니에게 이렇게 말했다.

"할머니, 시위할 때는 쪽수가 중요한 거예요."

이 말이 어떻게 '할머니 손녀딸로서 당연히 왔지요. 할머니 일이고 우리 부모님 일인데 당연히 와야죠'로 왜곡되고 과장되었는지는 알 수가 없었다. 하지만 일기에서 할머니의 감격스러운 마음만큼은 제대로 전달이 됐다. 일기를 보고 내가 다 울컥했다. 그런 면에서는 진정성이 넘치는 글이 아닐 수 없었다. 이 애매한 글 앞에서 별다른 첨삭 없이 사자성어 하나로 첨삭을 대신했다.

─천군만마

　나의 등장에 천군만마를 얻은 기분을 느낀 할머니를 그 다음날 바로 외면할 수가 없었다. 하루만 더 같이 있어 드리자 한 게 일주일째 이어졌다. 일주일 동안 하는 일이라고는 할머니의 옆에 앉아 있는 거였다. 하교 후 저녁을 거르고 야자 전까지 할머니 옆을 지켰다. 어떤 날은 아프다는 핑계를 대고 조퇴해 할머니와 끝까지 자리를 지킬 때도 있었다.

　이곳에서 그냥 오은동은 온데간데없었다. 대신 폐허 오은동이 의기양양하게 날아다녔다. 어떤 날은 고고한 석희가 되기도 했고, 뜨거운 유상렬 선생님이 되기도 했다. 능청스러운 선우정 언니처럼 굴었다가 원하는 바는 그게 뭐든 말하고 마는 은세 언니가 되기도 했다.

　한글 수업도 쌤마트 앞에서 이어졌다. 할머니가 깔고 앉았던 『청소년 필수 속담 & 사자성어』 책을 펼쳐 퀴즈를 냈다. 할머니는 그중 인상적이었던 대목을 집에 돌아와서 공책에 썼다. 할머니는 종종 그 공책을 들고 은율에게 문제를 내기도 했다.

할머니 옆을 지킨 지 삼 주째 접어들 무렵이었다. 하교를
하고 마트에 도착하자, 며칠 사이 친해진 경비 아저씨가 내게
말을 걸었다.

"학생, 할머니 방송 타게 생겼어."

경비원은 괜히 할머니에게 장난을 걸며 말했다.

"할머니 하고 싶은 말 짧게 해야지. 안 그러면 편집당하서."

대형마트 관련 뉴스를 촬영하던 기자가 할머니에게 인터
뷰 요청을 했다는 거였다. 할머니가 나를 보더니 왜 이제야
왔냐는 표정으로 바라보았다.

"핵교 냉기는 애기가 말을 했어야 하는디. 우리 은동이가
똑부러지게 했으믄 좋았을텐디."

정작 우리 가족은 그 뉴스를 챙겨보지 못했지만 다른 사람
들이 방송에 나왔다고 알려줘서 그러려니 했다. 먼 친척이 울
먹이며 전화가 오기도 했다. 뭘 어떻게 들은 건지 아빠가 여
객선 사고를 당했느냐고 전화가 왔다는 거였다.

"노인네가 한 말을 중간에 끊어서 방송을 한 모양인지."

엄마는 전화를 끊으며 그렇게 말했다. 단순한 해프닝으로
끝날 것이라 생각한 건 오산이었다. 방송이 어떻게 나갔는지
꼭 여객선 사고로 아들을 잃은 할머니의 인터뷰 같았다는 거
였다.

놀라운 건 우리 슈퍼를 처음 들른 외지인 중 할머니를 알아본 사람이 있다는 거였다. 다른 동네 사람인데 일부러 우리 필성슈퍼를 찾아온 사람도 있었다.

"이 슈퍼 할머니 맞으시구나. 할머니 말씀 구수하게 잘하시더라고요."

할머니는 머쓱해하면서도 알은체하는 사람들을 귀찮아하지 않았다.

"베지밀이라도 하나 사 가니 다행이다. 말을 더 질게 해서 오래 나올 것을 그랬다."

할머니는 심지어 이 상황을 즐기는 것처럼 보이기도 했다.

일이 터진 건 여름방학식을 며칠 앞둔 일요일 오전이었다. 우리는 카운터 옆 평상에 둥글게 둘러앉았다. 그리고 가운데에 놓인 종이가방을 노려봤다. 벽돌 두어 개가 들어가 있던 것처럼 보이던 종이가방 안에는 만 원짜리로 빽빽했다. 편지에는 짧게 한마디 쓰여 있었다.

'아드님 명복을 빕니다. 할머니 힘내세요.'

"환장하겠네, 이거."

할머니가 곤란할 때마다 내뱉은 말이었다. 우리는 오전에 온 사람들을 차례로 떠올렸다. 분명 그 사람들 중 누군가가 몰래 놓고 간 것이다. 하지만 아무런 단서가 없었다. 주인을 찾을 길이 보이지 않았다. 은세 언니가 의구심 가득한 눈빛으로 말했다.

"할머니, 대체 방송에서 무슨 말을 한 거예요?"

인터뷰에서 슈퍼 매출이 떨어져 고향으로 행상을 나갔다가 사고를 당할 뻔했다는 이야기를 했을 뿐이라며 할머니는 팔팔 뛰었다.

"아니, 이야기를 끝까정 안 듣는 거냐? 왜 생사람을 죽이고 있냐."

할머니는 황당해했다.

"끝까정 안 보냈을지도."

은세 언니가 맞받아쳤다. 할머니가 결심한 듯 말했다.

"안 되겠다. 매직 좀 갖고와봐라."

할머니는 아직 지나지도 않은 달력을 뜯었다. 달력 뒷면의 하얀 백지에 천천히 글씨를 써내려갔다. 어느새 할머니의 글씨 획이 단단해진 게 보였다. 주름살이 팽팽하게 펴진 글씨 같았다. 할머니는 힘을 꽉 주고 획의 끝과 끝을 구부려 멋지게 글씨를 완성했다.

우리 아덜 안 죽었소. 여기에 있소.

큰돈 부조한 사람, 후딱와서 가져가시오. 후딱!

그걸 슈퍼 유리문에 붙였다. 우리는 할머니가 하는 걸 지켜보기만 했다. 할머니는 그것을 붙이며 주문을 외우듯 중얼거렸다.

"누구라도 보고 멀리멀리 가그라."

누구에게 하는 말인지는 알 수 없었다. 이렇게 주인을 찾는 간절한 마음으로 창밖에 이 문구를 붙였다. 재미있게도 그 문구는 사람들을 다시 붙잡았다. 희한한 일이었다. 할머니도 일기에 썼다.

쌩사람 잡어도 유분수지. 멀쩡한 아덜 앞으로 부조가 들어왔으니 기가맥힌다. 멀쩡히 살아있는 아덜 죽었다허고 돈받어 처먹는 오메가 되부렀다. 슈퍼문 앞에다가 방을 부쳤다. 글자는 멀리멀리 날아갈수있으니 돈주인헌테 후딱 날아가 당도허라고 내가 기도를 다혔다. 그런디 돈주인은 안오고 애먼사람들만 문열고 들여다본다. 인간들이 더 들어온다. 저것이 뭔소리여요, 할머니. 얼마나 주고갔길래 그래요. 아조 염병 땜병. 아니 인간들, 뭐시 저르케 궁금헐까. 오라고 혈땐 안오던 사람덜이 궁금헝게 문열고 들어온다. 애먼 사람들만 들이닥쳐 미치고 팔짝뛰겄다. 천장이 낮어 못뛴다, 내가.

며칠 뒤, 돈을 가져가라는 할머니의 글이 적힌 종이를 떼어낸 건 은세 언니였다.

"일주일이 넘었잖아."

언니는 비장한 표정으로 엄마와 아빠를 바라보았다. 언니의 기세에 당황한 할머니는 나한테만 자꾸 속닥거렸다.

"첫째 저거 뭐 한다는 심산이냐?"

"고3이 학원을 못 다니고 있는데, 다른 애들은 특강도 받아, 특강도! 아니, 돈을 도로 가져가라니. 어떻게 그 말이 나올 수 있어?"

언니가 손에 있던 종이를 구겨 바닥에 던지더니 원망 가득한 눈빛으로 가족을 쏘아보았다.

너무 갑작스러운 상황이어서 그런 걸까. 아무도 언니에게 대꾸를 하지 못했다.

할머니와 아빠는 빨리 해치워야 할 물건을 떠맡은 사람들처럼 그 돈을 못 치워서 안달이었다. 언니의 학원비로 쓸 생각은 없어 보였다. 그 돈을 어떻게 처리하느냐를 두고 엄마와 아빠가 며칠 싸운 눈치였다. 며칠 새 우리집과 슈퍼에 냉기가 흘렀다. 그 옥신각신의 결과를 아빠는 가족 모두 슈퍼로 모이게 한 뒤 전했다.

"유족회에 보내야겠다."

위도 여객선 사고 유족회를 말하는 거였다. 할머니가 존경의 눈빛을 보내며 존댓말로 아빠의 말에 호응했다.

"그럽시다, 그럽시다."

할머니는 이제 속이 후련하다고 말했다. 그 돈을 그렇게 보내는 것에 반대한 엄마의 표정은 서늘하기까지 했다. 하지만 그 돈의 수신인은 분명 할머니였다. 엄마가 강하게 자신의 주장을 내세울 수 없는 이유였다. 할머니는 감격에 젖어 있는 것 같았다.

"너그 아버지 같은 양반이 없느니라."

할머니는 나에게 동의를 얻으려는 표정으로 말했지만, 나는 당혹스러운 감정과 마주해야 했다. 너무 서운해서 눈물이 다 날 지경이었다.

'은동아, 이 돈 말이야. 너 연기 배우는데 맘 편하게 다녀라. 아이고 녀석 놀래기는 너는 숨긴다고 해도 부모는 다 아는 거야. 그 배우 아카데미인가 거기 아니어도 많을 거 아니야. 한번 찾아보자.'

아빠가 머리를 쓰다듬으며 이렇게 말해주기를 기대했던 걸까. 가족 누구에게도 들키고 싶지 않은 꿈이었지만, 가족 중 누군가는 알아주길 바랐던 걸까. 얼마 전 언니가 그 돈으로 미술 학원을 다니게 해달라고 했을 때, 왜 이렇게 화가 났는지 그제야 알 수 있었다. 나를 위해 써달라는 말을 선점하지 못한 것에 대한 화였다.

그걸 인정하라고 폐허 오은동이 소리쳤다. 폐허 속에서 탄생한 뻔뻔한 오은동은 그냥 오은동을 비웃으며 말했다. 성질이 난 오은동이 너라고. 이 사실을 인정해! 그리고 한마디 더했다.

'참아서 남는 게 뭐가 있어?'

결국 나는 입을 열었다.

"훔친 것도 아니잖아요. 우리가 쓰면 어때서요?"

"옴마, 둘째 가시내 말하는 거 좀 봐."

할머니가 괘씸하다는 듯 나를 바라보았다.

"어따가 쓸라고 그러냐. 응?"

"나도 하고 싶은 거 많아요. 나라고 학원 이런 거 필요 없는 줄 알아? 나도 학원 다니고 싶다고."

"야, 니가 나보다 급해? 갑자기 무슨 학원 타령이야."

언니가 눈물이 그렁그렁한 눈을 부라리며 말했다. 나는 가족들을 둘러보았다. 폐허 오은동이 나타났다. 지금이라고 자꾸만 나를 부추겼다. 더이상 숨기고 조심하고 싶지 않았다.

"나 연극영화과 갈 거야."

언니가 비웃었다.

"갑자기?"

"갑자기 아니고. 언니가 미술로 진로 결정했을 때보다 더먼저 정한 거야. 그러니까 나 연극영화과 갈 거예요. 하루라도 빨리 실기 학원 다녀야 돼."

배우가 될 거라는 꿈을 선언하기에 좋은 때는 아니었다. 그렇지만 뭔가 속이 시원했다. 나는 진지한 표정으로 쐐기를 박았다.

"말리지 마세요."

말을 듣던 아빠가 한마디했다.

"허파에 바람이 제대로 들어갔네."

언니가 갑자기 소리를 높였다.

"야, 갑자기 뜬구름 잡는 소리야? 그러니까, 그 돈을 그 연기 학원에라도 쓰겠다는 거냐?"

은세 언니가 노골적으로 내 머리끝부터 발끝을 눈으로 내리훑었다.

"근데, 그 얼굴로 가능하다고 생각해?"

"뭐, 그래서 네 얼굴은?"

"야, 너 지금 뭐라고 했어?"

엄마가 조용히 한마디했다.

"조용히들 해라. 여기 어른들 없냐?"

엄마의 말에 할머니가 거들었다.

"누가 볼까 무섭다, 요년들아. 아무리 철딱서니가 없기로서니 지그 아부지 죽은 줄 알고 보낸 부조금으로 미술 배우고, 연기 배울라고? 아따, 그것 참 잘 배우겄다. 잘 배우겄어."

엄마와 할머니 말에 더 심술이 난 나는 언니와 악다구니를 쓰며 싸웠다. 슈퍼 바닥을 청소하던 엄마가 급기야 들고 있던 빗자루를 거꾸로 들더니 우리 등짝을 사정없이 팼다. 빗자루가 닿은 곳에 불이 날 것처럼 아팠다.

"허파에 바람 들어간 것들 진짜 싫다, 나는."

엄마가 그 말을 했을 때, 참고 있던 눈물을 왈칵 쏟았다. 그동안의 서러움이 한꺼번에 몰려왔다. 옆에서 삐죽거리던 언니가 말했다.

"나는 고3인데, 학원이 필수인 거지. 그래서 그런 거잖아."

언니는 그 틈에 자기 변론을 하느라 정신없었다. 엄마가 동조하지 않고 언니를 째려봤다. 엄마의 목소리가 높아지고, 떨리기까지 했다. 좀처럼 흥분을 하지 않는 엄마가 빗자루를 바닥에 세차게 던졌다.

"아주, 오 씨 인간들, 내가 지긋지긋하다. 당장 입으로 들어갈 것도 없게 생긴 마당에 지금 무슨 꿈 타령, 고3 타령, 체면 타령이냐. 어?"

나는 체면 타령에서 할머니와 아빠를 힐끗 봤다. 아빠는 괜히 장갑 낀 손으로 코를 만지며 큼큼거릴 뿐이었다. 할머니는 나를 한번 쳐다봤는데. 마치 내게 이렇게 말하는 것 같은 표정이었다.

'시방, 나 들으라고 하는 소리냐?'

나는 모르겠다는 듯 어깨를 으쓱했다. 엄마의 말에도 언니는 전혀 물러설 기미를 보이지 않았다.

"아니, 굶어 죽어도 자식들 공부시키는 게 중요한 거 아니야?"

엄마가 목소리를 낮추며 말했다.

"한가한 소리 하고 있네. 이놈의 가시내야. 일단 먹어야 공부도 하고, 내일도 있는 거야."

"아, 몰라. 진짜 짜증나. 짜증나고 쪽팔려."

언니가 울부짖으며 슈퍼를 나갔다.

"자식 공부 못 갈치는 부모 마음은 오죽하냐, 저년이 철딱서니 없이……."

할머니는 그 말만 속으로 웅얼거리더니 혼자 눈물을 훔쳤다. 아빠는 끼고 있던 목장갑을 벗어 세게 바닥에 던져버렸다. 슈퍼에 들어오려던 한 학생이 눈치를 보다가 뒷걸음쳐 나갔다.

"학생, 들어와. 학생!"

손님을 부르는 엄마의 목소리가 높고 떨렸다.

"학생!"

마치 이 세상에서 마지막으로 남은 손님을 놓친 것처럼 소리를 높여 부르던 엄마가 그 자리에 주저앉았다. 폐허란 이런 게 아닐까. 나는 생각했다.

그 와중에 폐허 오은동이 불쑥 또 나타났다. 폐허 오은동은 생각보다 뻔뻔했다. 엄마를 일으켜세우고 돌아서면서 이 말을 웅얼거렸다.

"나, 그래도 포기 안 해."

아빠에게 잘못 전달된 부조금은 결국 유족회에 전달되었다.

"내 돈 아닌 걸로 어떻게 먹고산단가?"

아빠는 이 말을 엄마에게 하고 유족회가 있는 부안으로 갔다. 기어이 돈을 넘기고 돌아온 후 집안은 아주 살얼음판이었다. 엄마와 아빠가 말도 잘 안 섞는 게 보였다. 할머니는 이제 와서 괜히 엄마 눈치를 살피느라 고생중이었다.

숨통이 막혔다. 학교에서 집으로 돌아가는 발걸음이 더이상 가볍지 않았다. 학교 행정실에 자주 불려갔다. 거기에서 언니를 마주치기도 했다.

"이번 달부터 급식 끊으려고요."

"급식비 밀렸다고 그렇게까지 할 필요는 없는데."

행정실 선생님이 갑자기 안타까운 표정이었다. 언니는 황급히 손을 내저었다.

"그것 때문에 그런 건 아니고요."

언니가 점심 급식을 끊는 걸 보고, 나도 저녁 급식을 끊었다. 엄마가 알면 노발대발하겠지만, 차라리 이게 속 편하다 싶었다. 순간 동병상련의 눈빛을 주고받으며 언니와는 살짝 풀렸다. 행정실 선생님이 메모지에 그동안 밀린 금액을 적어 주었다.

그걸 쥐고 계단을 올라가는데 한숨이 나왔다.

"살이나 빼지, 뭐."

다이어트를 위해 급식을 부모님 몰래 끊는 애들이 종종 있었는데도, 어쩐지 서글프고 우울했다.

*

"사람이 죽으라는 법은 없다니까. 간당간당 살길이 또 생기네."

엄마가 그렇게 말한 날부터 집과 슈퍼에 활기가 띠었다. 숨이 쉬어지는 기분이었다. 감격스럽기까지 했다. 유족회에 돈을 전달하러 간 날 아빠가 고향 동네 사람들에게 받아온 것이 있었다. 아빠가 가져온 물건을 그 당시 엄마는 구석에 던져두었지만, 그것은 꽤 쓸 만했다. 할머니의 쌤마트 행을 멈추게 한 것도 이거였다. 위도에서 직접 말린 반건조 갑오징어. 가게 앞 파라솔에서 맥주를 마시던 손님에게 구워 내놓았는데 반응이 좋았다.

찾는 사람이 늘자, 아빠가 자주 섬에 들어가 반건조 갑오징어를 공수해와야 했다. 가격이 꽤 나갔는데도 사람들이 주문했다. 오징어도 오징어지만 곁들여 나오는 소스가 인기가 좋았다. 엄마는 초반에 손님들이 저마다 훈수를 두듯 말해주는 소스 제조법을 흘려듣지 않고 매일 시도했다. 그중 가장 인기가 많은 소스는 할머니가 만든 진득한 간장 베이스에 엄마의 특제 양념과 마요네즈를 조합한 것이었다.

"우리 사장님이 만든 소스 때문에 여기로 왔어요."

친구와 파라솔에서 갑오징어에 맥주를 마셨던 아저씨가 사무실 회식 2차를 하러 동료를 데리고 우리 필성슈퍼에 왔을 때만 해도 이게 이렇게 인기를 끌지 몰랐다. 맥주와 갑오징어를 찾는 손님이 늘어 슈퍼 뒷마당까지 플라스틱 탁자와 의자를 비치해야 했다.

슈퍼는 문을 닫는 열두시까지 손님이 끊이지 않았다. 저녁 회식이 끝나고 2차로 술집이 아닌 우리 슈퍼로 오는 사람도 있었다.

"요즘 같은 시대에 비싼 술 먹으면 쓰냐? 일루 와."

친구를 끌고 오며 이렇게 말하는 아저씨도 있었다.

"암만, 아매푸 시대에."

할머니는 꼭 IMF를 아매푸라고 불렀다. 아무튼 허리를 졸라매는 분위기가 점점 형성되면서 슈퍼에 와서 간단히 2차를 하는 사람들이 늘어난 건 사실이었다. 두부, 햄이 들어 있던 진주햄 냉장고 안은 위도 갑오징어로 가득 채워졌다. 오징어를 팔면서 술과 과자 등의 매출이 함께 늘기 시작했다. 할머니는 신이 나서 일을 도왔다.

"아주머니 소스를 오백 원이라도 받고 파세요."

소스를 얻어가려던 사람들은 그냥 가져가기가 미안했는지 그런 제안을 했다. 차라리 팔면 마음껏 사 가겠다는 거였다. 엄마는 그 말을 듣고 바로 다음날 실행에 옮겼다. 그릇 가게에서 소스를 담을 일회용 플라스틱 한 줄을 사 왔다. 열두 시에 문을 닫은 뒤 소스를 제조하고, 소분해 담았다. 엄마는 커다란 그릇에 간장을 부었다. 할머니가 집에서 낮 동안 약한 불에 끓여온 간장이었다. 짠맛이 많이 날아가고 달큼해진 그 간장에 설탕과 식초, 와사비 등을 넣어 잘 섞이도록 저었다. 그런 뒤 앞치마 주머니에서 작은 병을 꺼냈다. 까만 연필심 가루처럼 생긴 걸 요거트용 하얀 플라스틱 숟가락으로 조금만 떠 넣었다. 이걸 넣을 때 엄마는 미어캣처럼 고개를 빼고 주변을 슬쩍 살폈다. 셔터를 내린 뒤였는데도 그랬다. 할머니는 젠피라고 하고, 엄마는 제피라고 불렀다. 남원에서 사는 친척이 추어탕 끓일 때 넣어 먹으라고 보낸 걸 엄마가 호기심에 한번 넣어봤는데, 희한하게도 그날 손님들 반응이 좋았다는 게 엄마의 말이었다.

한번은 내가 궁금해하니까 병 입구를 내 코앞에 대주었는데, 독한 화장품 향이 확 올라와서 화들짝 놀랐다. 그런데 신기하게도 간장 소스에 넣으면 그 향이 적당하게 돌면서 감칠맛이 나는 걸 돕는다고 했다. 소스에는 위도에서 가져온 액젓도 들어갔다. 멸치 액젓이 아닌 다양한 어종이 들어간 잡젓이라고 했다.

"이러니 사람들이 알 턱이 있냐."

엄마는 액젓을 섞으면서 늘 그렇듯 느긋하게 미소 지었다.

"그러다 알면?"

"알아도 얼마만큼 넣어야 하는지가 중요하지. 이거 잘못 넣으면 맛이 아주 희한해져. 다 버려야 된다니까."

사흘도 지나지 않아 준비한 물량이 모두 팔렸다. 한 아주머니는 광주에 사는 딸네 집에 보내겠다고 냉장고에서 오징어를 한아름 안고 왔다. 아주머니는 엄마에게 소스 비법을 대충 알려달라고 말했다. 엄마가 능청스럽게 미소를 지으며 말했다.

"아무도 몰라요, 며느리도 몰라."

아주머니가 그에 질세라 소스 뚜껑을 열어 새끼손가락으로 맛을 본 뒤 말했다.

"간장, 설탕, 식초, 마요네즈 그다음 이 감칠맛이 뭐지?"

아주머니가 정답을 알아차릴까 조마조마했다. 하지만 이내 엄마의 느긋한 표정에 안심되었다. 엄마의 느긋한 표정은 언제나 우리를 안심하게 했다. 아무리 큰일이 일어나도 엄마가 느긋하면 우리도 느긋해졌다. 문득 지금껏 벌어진 일의 중심에서 엄마는 줄곧 느긋한 편이었다는 걸 깨달았다. 엄마가 그런 표정을 짓지 않았다면 우리는 한껏 불안했을 것이다.

슈퍼는 바빠져서 다시 응옥 아주머니까지 나섰다. 아주머니는 여전히 한국말이 서툴러 손님을 응대하지는 못했다. 그러나 제법 일머리가 좋아 오징어와 북어를 슈퍼 뒤에서 굽고, 테이블을 정리했다.

"영옥이가 손끝이 야문 일꾼이여."

할머니의 평은 그랬다. 부지런하고 일머리가 좋은 응옥 아주머니는 우리 슈퍼에 큰 힘이 되었다. 엄마는 매일 일당을 흰 봉투에 담아 응옥 아주머니에게 건넸다. 봉투 앞면에 꼭 한마디도 썼다. '수고했어요', '감사합니다' 뭐 이런 뻔한 말들 말이다. 응옥 아주머니가 그걸 바라보고 있으면 할머니가 대신 큰소리로 읽어주었다.

"고맙습니다. 응? 이렇게 써 있다. 고맙습니다."

그러다가 문득 사람이 읽고 쓸 줄은 알아야 한다고 잔소리가 시작되었다. 몇 번을 당한 응옥 아주머니는 일당을 받자마자 부리나케 슈퍼 문을 열고 나갔다.

토요일 자습을 끝내고 슈퍼에 잠시 들른 것인데, 엄마가 나를 붙잡았다. 응옥 아주머니가 시청에 이주민 여성 교육을 받으러 가는 바람에 손이 모자라다는 것이었다. 교실에 앉아 머리만 썼더니 나도 움직이고 싶었다. 팔을 걷어붙이고 일손을 도우니 머리가 개운해지는 것 같았다.

밤 아홉시경이 되자 응옥 아주머니가 잰걸음으로 슈퍼에 왔다. 시청에서 교육을 받고 집도 들르지 않고 바로 온 모양이었다. 응옥 아주머니는 카운터 옆에 놓은 의자에 겉옷과 받아온 책자 등을 내려놓고 일을 시작했다.

열두시 가까이 되자 겨우 손님들을 몰아내고 슈퍼 정리를 했다. 할머니는 숨을 고르며 카운터 옆 평상에 앉아 응옥 아주머니가 가져온 책자를 뒤적였다.

가까이 가서 그것이 무엇인지 보았다. 여성문해학교 광고 전단지었다. '이주 여성, 학업 중단자, 무학력자 모두 환영. 전액 국가 지원. 장학금 무료' 붉은 글씨로 그런 말들이 인쇄된 게 보였다. 할머니가 드디어 기관에서 정식으로 공부를 할 마음이 생긴 걸까? 괜히 말을 걸었다가는 산통이 깨질까봐 그냥 그대로 두었다. 할머니 곁으로 다가가 말을 건 건 응옥 아주머니였다.

"할머니, 시 일등 오십만 원."

응옥 아주머니가 할머니에게 다가가 가져온 종이 더미에서 샘골여성 문예대회 전단지를 보여주며 말을 이었다.

"나 시 못 써. 할머니 쓸 수 있어."

"어뜬 소리 하지 말고, 영옥아 너 여기 댕겨 응? 배워야 쓴

237

다 사람은."

할머니는 여성문해학교 전단지를 영옥 아주머니에게 보여주었다.

"이주 여성 환영. 봐라. 이주 여성이 너여, 너."

"나 공부 배우러 못 다녀."

"배워야 쌈도 잘허고, 뭐라도 하는 거여."

응옥 아주머니는 그 말에 대거리라도 하듯이 문예대회 전단지를 할머니에게 다시 보여주었고 할머니는 손사래를 쳤다. 응옥 아주머니는 샘골여성 문예대회 전단지를 두고 집에 돌아갔다. 할머니가 집으로 돌아가는 길에 넌지시 내게 물었다.

"시는 어찌케 쓰는 거 다냐?"

"할머니 써서 내보려고요?"

"상금 있다잖냐."

초등학교 때부터 시를 배웠다. 수능을 위해 고전 시가부터 현대시까지 문제집을 몇 권째 풀어대고 있고 말이다. 그러나 시가 무엇이냐는 할머니의 질문에 답을 할 수가 없었다.

"학교서 안 배우냐?"

무슨 말이라도 해야 할 것 같았다.

"할머니가 하고 싶은 말이 있을 거 아니에요. 지금 가장 하고 싶은 말. 그걸 가장 예쁜 말로 노래처럼 하는 거. 아니, 그냥 할머니 일기 있잖아요. 일기도 시가 될 수 있어요."

할머니는 고개를 꺄우뚱했고, 나도 그렇게 말을 하고도 고개를 갸우뚱했다.

위도 반건조 갑오징어는 필성슈퍼 앞으로 사람을 모이게 했다. 초저녁부터 슈퍼 앞마당은 물론이고 뒷마당까지 사람으로 가득찼다. 심각한 쇠락의 끝에서 찾아온 기회에 우리 모두 들뜨기도 했지만 그만큼 걱정거리가 생겼다. 슈퍼 앞과 뒤에서 술판이 벌어지자 문제가 생기기 시작한 것이다.

소음 민원이 들어오기 시작했고, 생필품을 사러 슈퍼에 들어오려던 손님이 발길을 돌리기도 했다. 발길을 돌리던 그 젊은 아주머니의 표정은 내게 강하게 각인되었다. 경멸이라는 단어가 맞을 것이다. 파라솔에서 맥주를 마시며 떠드는 사람과 우리 슈퍼를 경멸의 눈빛으로 번갈아 보더니 발길을 돌렸다.

어느 날은 취객이 난동을 부려 경찰차까지 슈퍼 앞에 출동하기도 했다. 술에 취한 아저씨는 맥주병을 들어 우리 슈퍼 앞 은행나무 몸통에 후려쳤다. 그것도 모자라 맥주 거품이 지저분하게 흐르는 나무의 몸통을 세차게 발로 찼다. 마치 내가 두들겨 맞는 것 같아 앞으로 멘 책가방을 꽉 껴안았다. 취객의 발길질에 아직 노란빛이 들다 만 연둣빛 잎이 떨어졌다.

손상되는 기분. 발길을 돌리는 아주머니의 눈빛과 얻어맞는 은행나무를 보며 내가 느낀 감정을 그런 거였다. 은행나무

만이 아니라 슈퍼가, 우리 가족과 내가 무참히 손상되는 느낌이었다.

경찰이 와서 겨우 취객은 사라졌지만, 어지러운 슈퍼 앞을 치우는 것은 우리 가족의 몫이었다.

"내가 이 꼴을 볼까봐, 걱정했다. 심란하다, 심란해."

엄마가 빗자루로 유리 파편을 쓸어 담으며 말했다.

"이것은 아닌데……."

엄마는 파라솔을 걷으면서도 그렇게 말했다.

다음날 엄마는 파라솔 손님들에게 각별한 주의를 부탁했다. 어제 경찰차가 와서 난리가 났다고 말이다. 엄마의 어두운 얼굴을 보며 사람들은 착한 아이처럼 고개를 끄덕였다.

저녁이 되자 다시 경찰차가 들이닥쳤다. 착한 아이처럼 끄덕이던 사람들의 목소리가 높아지기는 했다. 그러나 신고당할 만큼은 아니었다.

"오늘은 조용하잖아요."

"사장님, 그게 아니고요. 불법이에요. 민원도 얼마나 들어오는데요."

대뜸 불법이라는 말에 가슴이 덜컥했다. 할머니가 끼어들었다.

"아니 장사하는 집에서 장사하는디 뭐가 불법이라고 그려요?"

음식을 팔고 술을 슈퍼 앞에서 먹는 것이 모두 불법이라는 거였다. 사람들이 먹는 주메뉴는 북어와 오징어였는데, 시간이 되면 사람들의 요구에 따라 부침개나 골뱅이무침 같은 것들을 뚝딱 만든 것도 사실이었다.

"사람 인정이 그게 아니지."

할머니가 경찰관 앞으로 성큼 다가서며 말했다.

"우리집서 산 맥주 따서 슈퍼 앞에서 한잔 마시겠다는디, 그것을 어떻게 매몰차게 쫓아내겠소?"

"할머니! 법이 그래요, 법이."

할머니는 법이라는 단어 앞에서 그만 말을 멈추었다.

민원 신고가 몇 번 더 이어지자 엄마와 아빠도 며칠 동안 심각하게 대화를 나누는 것 같았다. 그리고 얼마 안 가 부모님은 슈퍼 앞 파라솔을 치웠다. 짧은 축제가 끝난 기분이었다.

"그놈 치운 게 훤허긴 허다."

할머니 말처럼 파라솔에 일부 가려졌던 은행나무가 시원하게 보였다.

"옴마, 저놈 가지가 튼실해졌네, 시상에."

은행나무를 한참 보던 할머니가 말했다. 늘 그 자리에 변함없이 있던 은행나무였다. 그 나무가 아무도 모르는 사이 조금씩 자라고 있던 걸까.

며칠 동안은 파라솔을 찾는 사람들과 실랑이해야 했다. 슈퍼 뒷마당에서 조용히 먹고 가겠다는 사람들도 있었다. 하지만 슈퍼 뒷마당도 이미 플라스틱 탁자 세트를 다 치워버린 상태였다.

흥성했던 슈퍼가 얼마 안 가 다시 조용해졌다.

소식을 못 들은 손님 한 무리가 슈퍼 문을 열고 들어왔다. 술 마실 자리가 없다는 소리에 실망하며 나가버렸다.

다시 아무도 오지 않는 밤이 시작된 것이다. 술 마실 자리가 없다는 걸 알고 돌아가는 사람들의 뒷모습을 보며 엄마에게 말했다.

"또 망하는 거야?"

"뭐가?"

"우리 슈퍼."

엄마는 과일 코너에서 썩은 사과를 골라내며 말했다.

"우리가 언제 망했냐? 또 망하냐고 말하게?"

엄마는 과도로 썩은 부분을 도려내고 멀쩡한 곳을 잘라 내게 건넸다.

"너네 먹고, 입고 이 앞에서 놀고."

"문 닫게 생겼잖아."

나의 말에 엄마는 특유의 아무렇지 않은 표정으로 말했다.

"문을 왜 닫냐?"

엄마는 사과 알맹이를 입에 넣고 사각사각 경쾌하게 씹었다.

"머리를 또 굴려봐야지."

정말 아무렇지도 않은 사람처럼 말이다.

'너그 오메가 머리가 비상하니라.'

할머니가 마당을 쓸며 엄마를 치켜세웠던 일이 생각났다. 엄마와 아빠는 슈퍼가 심란한 일을 겪을 때마다 청소를 하고 뭔가를 궁리했다. 지금도 그렇다. 다시 이기기 위해 전략을 짜고, 때론 종목을 바꾸며 변신했다. 외부의 파도에 쉽게 흔들렸지만 마냥 휩쓸리지 않았다. 앞으로도 그럴 것이라는 믿음이 가슴을 가득 채웠다. 무엇보다 엄마의 이 말이 나를 안심시켜주었다.

'우리는 망한 적이 없다는 말.'

그 말을 들은 이후로 폐허 오은동은 자주 고개를 내밀고 말했다.

'나도 망한 적 없다.'

할머니는 다시 위기를 맞은 필성슈퍼를 위해 무엇을 할 수 있을지 골몰했다. 손님이 없는 슈퍼를 탑돌이 하듯 돌면서 말이다. 밤늦게까지 숙제를 하는 내 앞으로 오더니 할머니가 책을 내밀었다. 쌤마트를 갈 때마다 끼고 다니던 속담 책이었다.

"읽어봐라. 기가 맥힌다."

"호랑이를 잡으려면 호랑이 굴로 들어가라. 근데 이게 왜요?"

"생각해본게 내가 쌤마트 바깥에만 있었시야."

다음날 할머니는 다시 쌤마트를 향했다. 왜 또 거기를 가느냐는 가족들에게 말했다.

"나 손님으로다가 가볼라고 하는 거여. 가서 어뜬 짓 안 해야."

그리고 두 시간 뒤 돌아온 할머니의 모습에 입이 떡 벌어졌다. 할머니는 양손 가득 쌤마트 봉투에 장을 봐왔다.

"뭐시 그르케 좋아서들 마트로만 가는지 내가 가봤더니 시상에 물건이 많기도 많고, 싸기도 싸더라. 안에는 번쩍번쩍하고 반질반질혀. 베지밀 하나 살라고 하는디 여러 개 묶은 거 사믄 더 싸겄어. 과자 하나 살라는데도 하나 살다 더 사게 되던 말이다. 만 원치 살라다 빤스 속에다 숨겨놓은 돈까지 끄내서 배를 더 쓰고 와버렸시야."

전의를 상실한 것 같았다. 호랑이 굴에 들어갔다가 제대로 잡아먹힌 자의 표정이었다.

"어머니, 얼른 집에 가서 쉬시고. 다음에는 가지 마세요. 슈퍼 하는 사람이 거기서 장 보면 사람들이 어떻게 생각하겠어요. 거기서 떼어다가 물건 판다고 소문나요."

"궁게, 알았다. 가서 사고 보니 무섭다 무서워."

슈퍼에 팔 만한 것은 두고 할머니가 산 사탕 한 봉지만 들고 집으로 향했다.

"할머니, 고창 할아버지가 보내준 사탕도 몇 봉지나 있잖아요."

내가 조용히 타박을 했다.

"긍게 말이다, 다디단 것을. 먹어서 좋을 것이 하나 없는 것을 뭣헌다 또 샀냐."

할머니는 한참 말이 없더니, 내게 물었다.

"은동아 그 속담인가 사자성언가 허는 책에가 이럴 때 쓰는 말 있잖냐. 그 뭐시냐 하나 도움이 안 되고 해로운 거 말이여."

내가 조용히 정답을 말해주었다.

"백해무익."

"긍게 그 백해무익헌 것을 뭣헌다고 돈 아깐지도 모르고, 정신 홀라당 나가서 샀단 말이다."

"그니까요, 이런 IMF 시대에!"

할머니가 갑자기 목소리를 내리깔았다.

"그러면 쓰겄냐? 아매푸 시대에?"

할머니는 집으로 들어가면서 계속 그 말을 중얼거렸다. 그러더니 집에 들어가자마자 은율이의 스케치북을 집어들었다.

"이놈 너무 작다. 그 은세 거 있잖냐. 더 큰 것."

언니의 5절지 스케치북을 할머니에게 가져다주었다. 할머니는 검정색 파스텔로 적었다.

큰디 가서 어은 거 사지말고, 작은디서 쓸것만.

―큰 데 가서 쓸데없는 거 사지 말고, 작은 곳에서 필요한
것만.

내가 문장을 정리해주어 다시 썼다.
"아이고, 그려. 선상님 아니믄 사람덜이 숭볼 뻔했다."
멀리서 지켜보던 언니가 식탁에 앉았다.
"오은동, 너는 참 몰라."
언니는 내가 쓴 글자가 아닌 할머니가 처음에 쓴 페이지를
다시 넘겼다.
"이런 게 재밌는 거야."
그러더니 파스텔을 들고 글자를 입체적으로 만들어주기까
지 했다. 평면에 누워 있던 글자가 우뚝 일어섰고 부피감이
느껴졌다.
"오메, 헛것 배운 게 아니네잉."
할머니가 언니를 온화한 눈빛으로 바라보았다. 그게 좀 웃
겨서 피식 웃고 말았다. 언니도 흔치 않은 할머니의 칭찬에
기분이 좋은 모양이었다. 막내의 작은 스케치북도 뜯어와 작

은 사이즈 광고판을 만들었다. 그때 텔레비전에서 코미디언들이 나왔다. 여자 분장을 한 코미디언이 커다란 이름표를 걸고 있었다. 새끼노 유끼에. 예전에 티코 광고에 나온 일본인 여성이었다. 이름이 특이해서 은율이도 알 정도였다. 우리는 또 그걸 보고 한참 깔깔댔다. 새끼노 유끼에가 새침한 표정으로 머리카락을 넘기며 그 유명한 한마디를 했다.

'아껴야 잘 살죠.'

할머니가 그 소리를 듣더니, 파스텔을 다시 들었다. 아까 쓴 문장 아래에 한마디 덧붙였다.

애껴야 잘 살쥬.

그걸 가지고 할머니는 슈퍼 앞과 뒤에 걸었고, 작은 사이즈는 다시 줄에 묶여 은행나무의 목에 걸렸다.

*

며칠 뒤 한 아주머니가 우리 슈퍼 앞에서 발길을 멈췄다. 정확히는 할머니가 만든 광고판 앞이었다.

'큰디 가서 어은 거 사지말고, 작은디서 쓸것만. 애껴야 잘 살쥬.'

"이 말도 맞긴 맞어."

아주머니는 이 말을 하고는 우리 필성슈퍼로 들어왔다.

"나, 진짜 마트 가려던 길이었잖아."

계산을 하며 아주머니가 말했다. 그렇게 한 사람 한 사람 슈퍼에 들어오기 시작했다. 간당간당. 손님이 조금씩 늘기 시작하자 엄마가 또 그 말을 했다.

"희한해. 간당간당……."

간당간당. 참 위태롭게 들리는 단어였지만 엄마가 말할 때는 왠지 단단하게 느껴졌다. 엄마의 말처럼 간당간당하게 우리 필성슈퍼가 이어지고 있었다.

아빠는 섬에서 일박 이일을 하고 오는 날이 많았다. 할머니의 광고판 덕에 손님이 늘어나고 있었지만, 그렇다고 예전 수준을 완전히 회복할 수는 없었다.

"손님이 없으면 찾아가야지."

아빠는 짐을 챙길 때마다 그렇게 말했다. 섬에서 섬으로 물건을 팔러 가느라 육지로 돌아오는 배를 놓치기 일쑤였다. 그런 날이면 나는 엄마를 도와 슈퍼 문 닫는 걸 도왔다. 엄마가 뒷정리를 하는 동안 슈퍼 카운터 책상에서 공부를 하거나 숙제를 했다. 자정이 되면 나는 아빠를 대신해 팔을 쭉 뻗어 셔터를 잡아 내렸다. 나중에는 새벽 여섯시에 엄마를 따라나서기도 했다. 새벽 공기를 가르고 슈퍼에 도착해 묵직한 셔터를 들어 올리는 일이 즐겁기까지 했다. 쪼그리고 앉아 셔터 문을 잡고 일어나면서 만세를 하듯 두 팔을 쭉 뻗어 올리면 머리가 시원해졌다.

희한하게도 셔터를 올릴 때마다 연극반이 떠올랐다. 쇠락의 길을 걷는 연극반이 왜 떠오르는 건지 알다가도 모를 일이었다. 2학년 중 자기 추천으로 동아리 대표를 뽑는데, 아직 누구도 대표로 나서지 않았다. 소문을 들은 담임은 2학년 2학기에 동아리 대표를 한다는 건 정신 나간 짓이라며 행여 내가 대표라도 맡을까봐 미리 단속에 나섰다.

"저도, 자기 추천으로 대표가 되었습죠. 제가 저를 선택한 거예요, 하하하!"

선우정 언니의 말이 머릿속을 떠다녔다. 예전의 나라면 자기 추천은 민망해서 더더욱 싫었다. 그런데 이제는 그 방식이 더 멋지다고 느껴졌다. 폐허 오은동은 선택되기를 기다리는 것보다 선택하는 걸 더 좋아하는 게 분명했다.

*

한동안 조용했던 슈퍼가 떠들썩해졌다. 물론 우리만의 축제였지만 말이다. 상장이 도착했다. 상금이 무려 오십만 원이었다.

"나는 그냥 하고 싶은 말을 미친년처럼 막 썼다. 은동이가 제일로 하고 싶은 말을 쓰라대? 세상에 할말은 많은디 말이다. 밤새 고민하는데 어찌나 대그빡이 아프던지. 아이고 사람 죽겠더라. 승질이 나서 그냥 나오는 대로 썼어. 그런데 상이 딱 와버려야. 시상에."

샘골여성 문예대회 금상이었다. 현금이 든 봉투와 기념품들을 신기한 듯 구경하던 아빠가 말했다.

"어머니, 한턱내셔야겠네."

"그거 못할쏘냐."

할머니는 초저녁 장사를 마무리하고 떠나려던 옥수수빵 아저씨의 트럭을 세웠다. 증기로 쪄낸 커다란 세모 모양의 옥수수빵에 붉은 강낭콩이 박혀 있었다. 엄마는 식빵과 햄 따위를 꺼내어 지난번 만들어준 피자빵 만들기에 돌입했다.

"할머니 상 받은 기념 축하 잔치다. 너희 지금까지 어디서 오십 만 원 타와본 적 있냐."

엄마는 할머니를 힘껏 치켜세워주었다.

"응옥이도 불러. 갸가 그런 빵을 잘 먹더라."

할머니가 응옥 아주머니를 부르라고 채근했다. 할머니는 언젠가부터 영옥이라고 하지 않고 '응옥이', 어떨 땐 '응옥 씨'라고 불렀다.

엄마가 만든 피자빵과 할머니가 산 옥수수빵, 꼬마 병 주스까지 있으니 그럴싸했다. 아빠가 한 가지 제안했다.

"은율이가 낭독해봐라."

우리는 박수를 쳤고 은율이가 할머니의 글을 잡아들었다.

"아이고, 나는 우리 선상님이 하고 싶은 말 쓰는 거라고 해서 그냥 썼응게."

할머니는 부끄러운지 나에게 책임을 돌렸다.

시의 첫 줄은 이랬다.

우리 아들은 죽지 아니하였습니다. 이 말을 내가 쓸 수 있습니다.

사투리 없이 표준어로 정갈하게 쓴 문장이었다. 이게 첨삭의 힘인가, 하고 뿌듯했다. 하지만 뒤로 갈수록 사투리 남발에 틀린 글자투성이었다.

글자는 힘이있고 가벼웅게 담을 넘어, 멀리 가고말고요. 여름에는 시원허고 겨울에는 따순 마을회관을 지으렵니다. 그런 것을 금의환향이라고 헌답니다. 우리 아덜이 죽지 않고 여그에 있응게 금의환향을 할 수 있다마다요. 우리 아덜이 여그에 있습니다. 우리 아덜만 있을라고요. 나도 우리 식구도 모다 여그에 있습니다. 이것을 나는 인자 글자로 쓸수있습니다.

나는 인자 질다란 글도 잘읽습니다. 나는 마트를 갈적에두 책을 들고 갑니다. 한번쓱 글자가 사람마냥 나헌티 물어볼 때가 있구만요. '알아야 면장의 뜻을 아시나요.' 꼭 나헌테 물어보는거 같어서 내가 속으로 말하였지요. 알쥬, 알아야 동네 면장이라두 한다는 말이잖유. 이렇게 뿌듯허게 대답을 하였습니다. 그란디 내 답이랑 다른 말이 써있더만요잉. 글자들이 다른말을 나헌테 해주더란게요. 알아야 면장이, 알아야 눈앞의 담을 면하는 뜻이라는거여요. 게우 동네에서 면장하는 것이 아니라, 눈앞의 담을 면하는 거라니 올매나 기가맥힌지요. 나는 한참을 기가맥혀 그 글자들을 쳐다보았습니다. 뭣인지 모르겠지만 가슴에 뭔가 들어차 부풀어오릅니다. 뭐신가가 내 가슴속으서 우르르 무너져버리드랑께요.

우르르 무너져버린 것은 무엇일까. 내가 생각에 잠긴 사이, 엄마와 아빠는 박수를 쳤고 은율은 얼굴을 찡그리며 말했다.
"이게 무슨 말이야?"
은세 언니가 웬일로 할머니 편을 들었다.
"원래 멋진 거는 살짝 뭔지 모르겠는 거야."
"언니는 이런 거 되게 잘 알아, 응?"
반어법이었는데, 언니는 진지한 말투로 답했다.
"타고난 감이랄까."

이게 시인지 수필인지 뭔지 알 수는 없었지만, 할머니가 하고 싶은 말을 했다는 것은 확실해 보였다. 할 수 있는 가장 예쁜 말을 고른 것도 말이다. 그러면 내가 말한 시의 정의에는 들어맞는 셈이었다.

'알아야 면장이라도 혀' 할머니가 습관처럼 뱉던 이 말을 떠올렸다. 알아야 면장이 담장을 면하는 거였구나. 알면 눈앞의 벽이 없어지는 것. 나도 처음 알게 되었다. 우르르 무너져 버린 것은 무엇일까. 할머니가 담을 넘으려는 순간, 눈앞의 벽이 허물어지는 상상을 했다.

고운 가루로, 빛으로 부서져 흩날리는 것들. 그것을 무엇이라고 불러야 할까.

그때 전화 한 통이 왔다. 전화를 끊은 엄마가 말했다.

"배달, 502호."

아주머니에게 가져갈 우유를 집었다.

"나도 굿이나 보러 가야긋다."

할머니가 장난스럽게 말하며 평상에서 일어났다. 엄마가 은박지에 따뜻한 피자빵을 싸서 봉투에 같이 넣어주었다.

우리는 내려오는 노란 바구니를 바라보았다. 몇 번을 봐도 우리는 502호 바구니 배달이 신기하고 좋았다. 내려온 바구니에는 돈과 쪽지가 있었다.

— thank you.

"그게 뭐시다냐?"

할머니가 쪽지를 보며 물었다.

아주머니는 늘 무언가를 내려보냈다. 쪽지, 작은 선물들, 그게 아니면 고맙다는 말을. '고마워요, 공주들' '고마워요, 아가씨들' 이렇게 말이다. 오늘은 영어로 쓴 쪽지였다.

"고맙다는 뜻이에요, 할머니. 502호 아주머니는 꼭 이래. 꼭 고맙다는 말을 해. 그래서 우리 모두 502호 아주머니 좋아하잖아."

"그려, 말이 다여, 어쩔 때는. 옴마, 근디 꼬부랑글자네."

"답을 못 쓰겠네, 펜을 안 가져와서."

내 말에 할머니가 주머니에 있던 볼펜을 꺼내주었다. 상장과 함께 온 기념품 볼펜이었다. 땡큐 아래 답문을 썼다. 땡큐라고 했을 때 'you're welcome'보다는 'my pleasure'라는 답변이 더 근사하다고 느꼈다. 나는 그것을 한글 문장으로 썼다.

─우리의 기쁨이에요.

바닥에 거스름돈을 깔고 우유와 피자빵과 함께 내 답신을 적은 쪽지도 얹었다. 은율이가 두 팔을 흔들었다. 아주머니가 줄을 감으며 잡아당기자, 바구니가 조금씩 흔들리며 천천히 올라갔다.

"예쁘다."

고개를 뒤로 꺾어 하늘을 올려다보던 은율의 목소리가 들렸다. 예쁜 것이 하늘에 뜬 달인지 달처럼 생긴 바구니인지 알 수 없었다. 은율이의 목소리가 귀여워서 손을 꼭 잡았다.

천천히 올라가는 노란 보름달 같은 바구니를 우리는 오래 올려다보았다.

"싸게 가자."

할머니가 서둘렀다. 언니와 은율이 앞장서자 할머니가 내게 말을 걸었다.

"너 미국말 못 쓰나? 저 짝은 미국말로 썼는디 답신을 왜 한글로 혀?"

"일부러 그렇게 한 거예요."

나는 괜히 할머니에게 물었다.

"할머니 이제 영어 배울래요?"

할머니가 질색했다.

"옴마, 꼬부랑글자 배우다가 혀 꼬부라지믄 어쩌?"

할머니는 일부러 천천히 걷더니 나를 잡아끌었다.

"왜, 할머니?"

할머니가 멈춰서 뭔가를 하려다가 은세 언니가 뒤돌아보자 동작을 딱 멈추었다.

"흐미, 저 여시 같은 년."

할머니가 은세 언니를 향해 흘겨보며 말하더니 빠른 걸음으로 슈퍼 뒷문으로 걸어갔다.

열두시가 될 때까지 아무도 먼저 집에 가지 않았다. 냉장고의 조명을 끄고, 과자 더미 속에 잔돈을 넣은 비닐봉투도 숨겼다. 셔터를 내리고 자물쇠를 거는 아빠의 웅크린 모습을 모두가 말없이 지켜봤다. 집을 향해 걷는데 할머니가 내 옆구리를 팔꿈치로 꽉 누르며 말했다.

"츤츤히 가봐."

가족들이 앞서나가자 할머니가 더 천천히 걸으며 내게 말했다.

"아까는 내가 일부러 쫓아갔다잉, 이거 줄라고. 은세년 눈치가 보여서 아까 못 줬어."

할머니가 내 손에 뭔가를 쥐여주었다. 할머니의 금반지였다. 어느새 손가락 살이 빠져 흰 실로 한쪽을 돌돌 말아 크기를 맞춘 누렇고 도톰한 금반지.

"낼 아츰에 맘 바뀔까 지금 준다잉. 줄 때 얼른 받으시오, 선상님."

은세 언니가 뒤를 돌아봤는데도 할머니는 멈칫하지 않았다. 할머니는 언니를 힐끔 보더니 목소리를 낮추었다.

"끼든지 삶어 먹든지 마음대로 혀. 니 것이다. 은세헌테 들키지 말어. 이놈을 어찌나 욕심내는지."

언니 마음도 이해할 것 같았다.

"언니 학원비 때문에 그러겠죠. 고3이잖아."

"이거 쌍가락지인 거 모르냐?"

할머니가 그 말을 할 때도 무슨 말인지 몰랐다.

"진즉 하나 빼줬다."

"진짜?"

"너그 아부지 앞으로 부조 온 돈 말이다. 그거 유족회에다
가 보내자고 한 죄로 은세년한티 가락지 하나 팔어서 줬다.
그걸로 다시 학원 댕기다잖냐."

몰랐던 이야기에 놀라고 있었는데, 더 놀라운 이야기를 할
머니가 들려줬다.

"그란디 시상에 하나 남은 것을 또 주라는 거여. 이걸로는
특강인가 염병인가 받는다고 나를 살살 꼬셔야. 아조 흉악한
년이다, 저거."

할머니가 주먹으로 언니 뒤통수를 향해 때리는 시늉을 했
다. 웃기면서도 마음에서 뜨거운 게 울컥 넘어오는 것 같기도
했다. 순간 둘 다 말이 없어져 조용한 공백이 이어졌다. 괜히
어색해서 할머니에게 장난처럼 말했다.

"할머니 백 살까지 살아요."

"오메, 이게 뭔 소리!"

할머니가 나를 째려보며 말했다.

"니가 내 똥 치워줄래?"

"할머니가 우리 어릴 때 똥 치워줬으니까, 이제 우리 차례
지. 치워줘야지."

"오메, 시상으나."

할머니가 몇 번이나 '세상에나'를 중얼거렸다. 그러더니 한마디했다.

"허긴, 요즘에는 의술이 좋아져서, 백 살도 넘게 사는 노인들 천지라 안 허든."

할머니의 말에 내가 웃었다. 그런데 할머니는 몇 발자국 채가지도 않고 급하게 자신의 말을 철회했다.

"내 똥도 못 치우고 백 살까정 살아서 뭣 하냐. 내 손으로밥 먹고, 똥 안 묻힐 때까정이다. 그때까정만이여. 그때까정만황서은잉게."

할머니는 누구도 듣지 않는데 그렇게 비장하게 선언했다. 은율이가 할머니의 손을 잡으러 뒤로 돌아 달려왔다.

"오메, 깜짝이야."

할머니는 나쁜 짓을 하다가 걸리기라도 한 것처럼 놀라더니 은율을 째려봤다. 그런 뒤 내게 눈짓을 하고는 막내의 손을 잡고 앞으로 걸었다.

주머니 속에서 달처럼 둥근 황금빛 반지를 만지작거렸다. 차고 매끈한 원을 따라가다보면 방지턱처럼 감긴 실이 툭 튀어나왔다. 투박하지만 따뜻한 촉감을 지나 다시 차고 매끈한 감촉이 이어졌다.

나는 가족들을 앞세우고 일부러 혼자 천천히 걸었다. 어두운 공기 속에 가족들의 목소리가 조용히 울렸다. 물건을 사러 오는 사람 하나 없는 밤을 보내다 귀가하는 길이었다. 그런데도 이 순간이 무척이나 성공적인 순간이라고 느꼈다.

간당간당. 엄마의 입에서 최근에 많이 나온 단어가 머릿속에서 울렸다. 이 단어는 마치 종소리 같았다. 간당간당……간당간당. 위태로운 시간을 버티고, 살아내는 사람들의 머리에서 울리는 종소리. 그 종소리를 들으며 확신했다. 내일도 우리 필성슈퍼는 망하지 않았다고 선언하며 문 열기를 선택할 거라고 말이다. 세상을 향해 용감하게 양팔을 벌린 것처럼 슈퍼의 양쪽 문이 활짝 열릴 것이다.

추천사

장류진(소설가)

이 소설을 읽는 내내 몸과 마음이 얼마나 바빴는지 모른다. 고개를 젖히고 깔깔 소리 내어 웃기도 했고 축축한 손등으로 흐르는 눈물을 연신 훔쳐내기도 했다. 정신없이 페이지를 넘기다가 어떤 문장에선 나도 모르게 손가락을 짚은 채 그대로 멈춰서 가만히 들여다보기도 했고 때때로 남은 페이지를 손에 쥐고 줄어드는 것을 아쉬워하며 두께를 가늠해보기도 했다.

소설의 아주 초입이었을 것이다. 오 씨네 필성슈퍼집 둘째 딸 은동이와 아주 특별한 이름을 지닌 할머니가 마음속 깊은 곳에 꼭꼭 숨겨둔 비밀이 교차되며 드러나는 장면에서, 그래서 '수줍은 것인지 두려운 것인지 알 수 없는 마음'이 결결이 펼쳐지는 대목에서, '나는 이 이야기를 사랑할 수밖에 없게 되겠구나'라는 예감이 불쑥, 찾아왔다. 그리고 책의 마지막 장을 덮는 순간, 그 예감이 어김없이 적중했다는 사실을 알아차렸다. 그것도 전에 없이 강렬하게.

지나는 계절마다 조금씩 다른 모습으로 불 밝힌 필성슈퍼. 그리고 그 안과 밖을 '작은 빛을 따라서' 한 발짝씩 걸어나가는 인물들의 발걸음에 그 누구라도 응원을 보내지 않을 수 없을 것이다. 동시에 그 발걸음으로부터 그 누구라도 응원받지 않을 수 없을 것이다.

가장 환하고 가까운 곳에 올려두고 싶은 소설. 두고두고 꺼내 읽고 싶은 소설.

사실 그 어떤 말로도 『작은 빛을 따라서』를 읽으며 느꼈던 독서의 기쁨을 다 표현하기는 어렵다. 지금 당장 이 소설을 펼쳐 읽는 것만큼 이 멋진 이야기 속으로 빠져들기에 좋은 방법은 없을 것이다.

작가의 말

이 소설을 처음 쓸 때, 제목 아래 한 문장을 쓰고 집필을 시작했다.

'실패의 순간에 도사리는 성공의 순간들.'

우리 삶은 수많은 실패의 연속이지만, 그 과정에서 우리는 무언가를 얻고 성장하며 변모한다. 이를 종종 잊기에 나는 이야기로 이 말을 하고 싶었다. 나에게. 그리고 당신에게.

어릴 적 나는 할머니에게 한글을 가르치려고 시도한 적이 있다. 그러나 그 일은 곧 실패로 돌아갔다. 잊고 있던 그 실패의 순간은 할머니가 노쇠해지시면서 종종 생각났다. 그때의 내가 좀 더 야무졌다면, 인내심 있는 아이였다면 얼마나 좋았을까. 그랬다면 할머니가 조금 더 빛나고 자유로운 삶을 누릴 수 있지 않았을까. 그런 아쉬운 마음이 이 소설을 쓰게 만들었는지도 모르겠다.

경험에서 출발해 처음엔 비교적 쉽게 풀어나갔지만, 경험 안에 갇히지 않기 위해 공들이는 과정이 필요했다. 마치 내 경험과 싸우는 기분이었다. 누가 이겼는지는 모르겠다. 아무튼 완성했다. 구상해둔 다음 소설을 얼른 쓰고 싶다.

자수정(자, 이제 수정하자) 동인을 비롯해 내 작품을 나보다 더 기다려주는 다정한 친구들과 가족들에게 소설로 소식을 전할 수 있어 기쁘다. 언제나 이들에게 부끄럽지 않은 소설을 쓰고 싶다. 이 이야기의 첫 독자인 남상순 선생님과 한수림, 김지인 편집자님에게 진심으로 감사하다. 이 소설을 꼼꼼하게 읽고, 다정한 추천사를 보내준 장류진 작가님에게도 감사의 인사를 전한다. 따뜻하면서도 날카로운 시선으로 세상을 포착하는 장류진 작가의 작품을 사랑하기에, 작가님이 보내준 추천사는 더없는 기쁨이고 강력한 응원이 되었다.

지금 나보다 더 어린 나이에 가족을 위해 새벽 공기를 가르고, 자정의 셔터를 내리며 고단한 일상을 견디어주신 엄마와 아빠 그리고 할머니께 특별히 깊은 감사의 인사를 올린다.

조지 손더스는『작가는 어떻게 읽는가』에서 작가가 작품을 다 쓰고 난 후 어떻게 책임져야 하는지 알려준다. 최종 생산물을 축복하고 승인하라는 말. 지금, 이 순간 그 말을 떠올린다. 나를 떠난 것은 이미 내 것이 아니므로, 읽은 독자의 수만큼 이 소설도 그 모습을 바꿀 테니. 산뜻한 미소로 이 소설의 등을 힘껏 밀어본다. 그 누구도 아닌 당신을 향해.

2023년 가을을 지나며

권여름

• 작품 속『배우 되기』책의 내용은 아래의 책을 참고하였습니다.
― 한국연기예술학회『배우훈련 시작하기』(연극과인간, 2014)

권여름 장편소설

작은 빛을 따라서

ⓒ 권여름

1판 1쇄	2023년 10월 11일
1판 5쇄	2024년 7월 22일

지은이	권여름
펴낸이	지영주
편 집	한수림 김지인
표지 디자인	김마리
표지 일러스트	채수진
본문 디자인	데시그
마케팅	최기현
경영 지원	정의정 신세련

펴낸 곳	㈜자이언트북스
출판 등록	2019년 5월 10일 제2019-000085호
주소	경기도 고양시 덕양구 덕은1로 5 2층
전화	070-7770-8838
팩스	02-516-5320
홈페이지	www.giantbooks.co.kr
전자우편	books@giantbooks.co.kr
인스타그램	https://www.instagram.com/giantbooks_official/

ISBN	979-11-91824-30-8 (03810)